나는
밥 먹으러
학교에 간다

나는 밥 먹으러 학교에 간다

(청소년 성장소설 십대들의 힐링캠프, 밥)

[십대들의 힐링캠프®] 시리즈 **NO.01**

지은이 ┃ 박기복
발행인 ┃ 김경아

2015년 10월 31일 1판 1쇄 발행 ┃ 2015년 11월 30일 1판 2쇄 발행
2016년 3월 2일 1판 3쇄 발행 ┃ 2016년 5월 13일 1판 4쇄 발행
2016년 11월 13일 1판 5쇄 발행 ┃ 2017년 8월 15일 1판 6쇄 발행
2018년 3월 1일 1판 7쇄 발행 ┃ 2019년 3월 7일 1판 8쇄 발행
2020년 6월 6일 1판 9쇄 발행 ┃ 2021년 9월 14일 1판 10쇄 발행 (총 25,000부 발행)

이 책을 만든 사람들
책임 기획 ┃ 김경아
북 디자인 ┃ 김효정
교정 교열 ┃ 좋은글
경영 지원 ┃ 홍종남
표지 일러스트 ┃ 발라

이 책을 함께 만든 사람들
종이 ┃ 제이피씨 정동수·정충엽
제작 및 인쇄 ┃ 천일문화사 유재상

특별히 고마운 사람들
강해성, 송지민, 윤지원, 홍예나

펴낸곳 ┃ 행복한나무
출판등록 ┃ 2007년 3월 7일. 제 2007-5호
주소 ┃ 경기도 남양주시 도농로 34, 다산 플루리움 301동 301호(다산동)
전화 ┃ 02) 322-3856 팩스 ┃ 02) 322-3857
홈페이지 ┃ www.ihappytree.com
도서 문의(출판사 e-mail) ┃ e21chope@daum.net
내용 문의(지은이 e-mail) ┃ yesreading@gmail.com
※ 이 책을 읽다가 궁금한 점이 있을 때는 지은이 e-mail을 이용해 주세요.

ⓒ 박기복, 2015
ISBN 978-89-93460-67-4
"행복한나무" 도서번호 : 078

나는 밥 먹으러 학교에 간다

청소년 성장소설 십대들의 힐링캠프, 밥

박기복 지음

행복한
나무

♬ ♪

눈길이 없는 곳 박수갈채 없는 곳

그곳에 홀로 서 있을 때

나만 오롯이 나를 바라보는 곳

거기서 웃을 수 있을 때

난 그런 나를 믿어요

날 사랑해 줄 수 있는 내 모습을

♩ ♬

『얼음꽃』 (아이유, 김연아) 노래에서

차림표

01 김급식은 내 친구

학교 식당 안에서 칙칙한 3학년들이 밥을 먹는다. 느리게 먹는 사람, 빠르게 먹는 사람, 흘리며 먹는 사람, 억지로 먹는 사람, 떠들며 먹는 사람, 오직 먹기만 하는 사람, 젓가락으로만 먹는 사람, 수저도 같이 쓰는 사람, 국을 안 먹는 사람, 푸성귀는 손도 안 대는 사람, 다 먹고 일어서는 사람, 남은 먹을거리를 한데 모으는 사람, 음식쓰레기통에 남은 먹을거리를 버리는 사람, 식판을 놓는 사람, 수저와 젓가락을 통에 놓는 사람, 물을 마시는 사람, 입술을 닦는 사람, 문으로 나가는 사람, 장난치는 사람 등으로 식당 안은 떠들썩하다.

1,2학년은 먹고 싶은 마음을 힘겹게 누르며 줄지어 서서 먹을 때를 기다린다. 1학년이 먹을 때는 한참 남았고, 2학년은 곧 먹는다. 먹을 때가 한참 남았음에도 1학년들이 만든 줄은 곧 먹을 2학

년 줄보다 결코 짧지 않다. 무뚝뚝한 얼굴로 식당 문 앞을 지키던 학생주임 선생님이 시계를 보며 말씀하셨다.

"2학년, 30초 뒤에 들어간다."

앞줄에 선 2학년들이 목에 건 학생증을 손에 쥐었다. 식당 문 앞에 놓인 단말기에 학생증을 대기 위해서다. 식당으로 들어가려면 단말기가 '급식인증'이란 낱말을 보여 주어야 한다. 만약 단말기가 들어가지 못하게 하면 아무리 먹고 싶어도 밥을 먹지 못한다.

"12시 20분! 2학년 들어가자."

딩동~! 딩동~! 딩동~!

바쁜 손놀림과 함께 단말기는 '딩동~!' 소리를 쉬지 않고 내뱉었고, 부러운 발걸음들은 밥 내음을 찾아 식당 안으로 들어갔다. 나는 나이 먹기가 싫다. 그러나 이때만큼은 한 살 더 먹은 2학년들이 정말 부럽다. 왜 밥은 늘 높은 학년부터 먹어야 할까? 그냥 빨리 먹고 싶은 사람이 빨리 와서 먹으면 안 될까? 내가 1학년이어서인지 몰라도 3학년부터 차례대로 먹는 규칙이 마음에 안 든다.

2학년들은 빠르게 식당 안으로 사라졌다. 앞줄은 여학생들이 많았고 뒤로 갈수록 남학생들이 많았다. 1학년도 2학년과 비슷해서 앞줄은 거의 다 여학생들 차지였다. 그런데 맨 앞은 남학생 셋이 차지했다. 2백여 명이나 되는 여학생들을 물리치고 맨 앞 쪽을 차지한 남학생 셋은 엉뚱하고 꼴사나운 짓을 한다. 그들은 거울을 보며 머리를 쓸고, 옷매무새를 끊임없이 만지며, 있지도 않은 멋을 부리려고 애쓴다.

"다미야, 너 때문에 쟤네들 더러운 꼴 봐야 하잖아. 빨리 좀 와."

남학생들 바로 뒤에 서 있던 아름이가 내 뒤에 선 다미를 보며 투덜거렸다.

오전 수업은 12시에 끝난다. 3학년이 12시부터 먹고, 2학년이 12시 20분, 1학년이 12시 40분부터 먹는다. 보통 1학년 남학생들은 놀다가 12시 35분쯤에 오고, 대다수 1학년 여학생들은 12시 20분이 되면 줄을 선다. 우리처럼 먹기 좋아하는 여학생들은 3학년이 먹는 12시부터 줄을 선다. 2,3학년과 같이 먹으러 들어가진 못하지만 다른 1학년보다 먼저 먹기 위해서다. 수많은 1학년 여학생들이 앞줄에 서려고 뜨겁게 다툰다.

나는 아름, 혜나, 윤지, 다미와 같이 밥을 먹는데 다미를 빼곤 같은 반이다. 오전 수업이 끝나기 무섭게 달려오는데 다미는 다른 반이어서 늘 따로 온다. 남학생들은 모르겠지만 여학생들은 늘 같이 먹는 친구들과 함께 먹는다. 같이 밥 먹는 친구가 늦게 오면 한군데로 뭉치기 위해 새치기를 한다. 새치기가 많은 날은 줄이 옆으로 퍼지며 넓어진다. 줄이 넓어지면 지나가는 2,3학년 선배들이 장난 아니게 눈총을 준다. 가끔 학생주임 선생님이 성내며, 옆으로 튀어나온 애들을 모조리 뒤로 보내기도 한다. 그런 날은 식당 문 앞이 엉망진창이 된다.

함께 뭉치지 못한 애들 가운데 넉살 좋은 애들은 새치기를 하고, 그렇지 못한 애들은 하는 수 없이 뒤에 섰다가, 친구들이 비워 둔 자리를 뒤늦게 찾아간다. 다미는 넉살이 좋다. 아무리 늦어도 끼어든다. 그래서 다미가 다른 반이어도 우리끼리 같이 먹는데 아무런 어려움이 없다. 그렇지만 나는 잘 끼어들지 못하기에 늦지 않기 위해서 늘 애쓴다.

나는 딱 한 번 늦었다. 담임선생님이 시킨 일을 하다가 12시 30분이 다 돼서 식당으로 갔는데, 줄이 길어도 너무 길었다. 새치기를 해서 앞으로 갈까 망설였지만 새치기를 할 때 쏟아질 수많은 눈총이 걱정돼서 그만두었다. 하는 수 없이 거의 끝에서 남학생들과 뒤섞여 밥을 받았고, 밥도 혼자 앉아 먹어야 했다. 그때 느낀 끔찍함은 다시 떠올리기도 싫다.

"우헤헤, 먹기에 앞서 속에 든 거시기를 내보내고 오느라."

다미는 머쓱함과 웃음을 버무리며 말했다.

"쟤네들 더러운 꼴 보니까 정말 속이 안 좋기는 하다. 토 나올 듯!"

다미가 우스꽝스런 몸짓을 하며 토하는 흉내를 냈다. 나는 키득거리며 다미 등을 두드렸다.

"두드리니까 두드러기 나지?"

아름이 뒤에 선 혜나는 말끝마다 억지 우스갯소리를 한다.

"야, 한아름! 강다미! 우리가 더럽냐? 멋진 머리와 날선 교복 바지가 내비치는 멋스러움이 안 보여?"

거울을 보며 머리를 빗던 남학생 가운데 한 명이 짧은 다리를 길어 보이게 하려고 애쓰며 말했다.

"꼴값을 떨어요."

"거울이나 제대로 보세요."

아름이와 다미가 잇따라 한 방씩 먹였다.

"거울아 거울아, 나보다 멋진 남자가 있냐?"

물론 거울은 말이 없었다.

"봐, 없잖아."

남학생은 거울을 보고 머리를 빗으며 으스댔다.

"쯧쯧, 거울도 못생겼다고 말하고 싶어 미칠 거울~!"

혜나가 '미칠 걸'을 '미칠 거울'이라고 말장난을 쳤다. 혜나가 하는 얼토당토않은 우스개를 하도 많이 들어서 다른 애들은 웬만해선 웃지 않는데, 이제까지 얌전하던 윤지가 키득거리며 웃었다.

윤지가 웃자 남학생들 얼굴빛이 확 바뀐다. 윤지는 예쁘고, 키 크고, 마음씨도 좋은데, 성적도 으뜸을 다툰다. 엄친딸도 그런 엄친딸이 없다. 부러워하지 않으려고 애를 쓰지만 그렇고 그런 나와 견줄 때마다 씁쓸해지는 느낌은 어쩔 수 없다. 많은 남학생들이 윤지를 좋아하고 여러 명이 사귀자고 말했지만, 윤지는 해맑게 웃으면서도 받아주지 않았다. 그래서 윤지를 보며 애를 태우는 남학생들이 참 많다.

애들 눈길이 웃는 윤지에게 꽂혔다. 윤지가 웃으니 더 예뻤다. 느끼한 말을 숨 쉬듯 하는 꼴통 남학생들이었지만 윤지에게는 느끼한 말을 날리지 않았다. 아니 못했다.

"야~! 야~! 야~! 우리 윤지 닳는다. 올라가지도 못할 나무 쳐다보지도 말고."

아름이가 손을 휘휘 저으며 남학생들 눈길이 윤지에게 이르지 못하도록 막았다.

식당 문 위에 달린 시계가 12시 39분을 가리켰다.

"되지도 않는 짓 그만하고 밥님이 기다리시는 길이나 빨리 열어라."

남학생들은 아름이에게 뭐라고 대꾸하려다 아름이가 밀고 들어가려고 하자 마지못해 식당 쪽으로 몸을 돌렸다.

"1학년, 30초 뒤에 들어간다."

학생주임 선생님이 이때가 되면 늘 내뱉는 말에 맞춰 학생증을 손에 쥐었다. 단말기를 들여놓은 이유는 아직도 잘 모르겠다. 저녁밥 먹을 돈을 안 낸 학생들이 밥을 자꾸 몰래 먹어서 단말기를 놓았다는데, 돈 안 내고 먹는 학생이 몇 명이나 된다고 단말기를 들여놨는지 모르겠다. 단말기 때문에 밥 먹으러 들어가는 시간만 늦어진다. '급식인증'이란 낱말이 빨리 뜨지 않거나, 까닭 없이 '오류'라는 낱말이 뜨면 뒤에서 온갖 싫은 소리가 다 쏟아지는데 그때 겪는 괴로움은 이루 말할 수가 없다.

"12시 40분! 1학년 들어가자."

딩동~! 딩동~! 딩동~!

바쁜 손놀림 세 번과 함께 꼴사나운 남학생 셋이 식당 안으로 들어갔다.

딩동~! 딩동~! 딩동~!

다시 세 번 울리면서 아름, 혜나, 윤지가 들어갔다.

딩동~!

일곱째가 내 소리다. '급식인증'이라는 낱말이 떴다. 단말기를 지키는 학생주임 선생님을 지나서 문으로 들어갔다. 문에서 급식을 받는 데까지 거리는 스무 걸음이 되지 않는다. 스무 걸음을 옮기는 사이에 나는 반찬이 무엇인지 떠올린다. 아무도 모르게 나만 하는 놀이며, 밥을 맞이하기에 앞서 치르는 거룩한 일이다. 물론 어떤 반찬이 나오는지는 이미 다 알지만, 냄새만으로 반찬을 알아맞히는 재미는 남다르다. 나는 애써 차림표를 본 기억을 지운 뒤 냄새만으로 반찬을 하나씩 떠올렸다.

가장 먼저 코를 자극하는 냄새는 소고기다. 잘게 썬 소고기에 갖은 양념을 했다. 소고기와 더불어 팽이버섯 냄새가 섞여 들어온다. 팽이버섯은 소고기와 함께 볶았다. 벌써 혀끝에 아련한 맛이 느껴온다. 소고기팽이버섯볶음 뒤로 오이와 부추가 풋풋한 내음을 자랑한다. 오이부추무침 뒤에 따라오는 냄새는 늘 그렇듯이 김치 냄새다. 이제 몇 걸음 안 남았다. 미역 내음이 진하다. 미역 사이로 작은 새우들이 꿈틀거리는지 새우 냄새도 짙다.

식판이 눈앞에 나타났다. 밥을 담는 곳은 네모고, 국을 뜨는 곳은 동그랗다. 중학교 때 썼던 식판보다 더 깊다. 컸으니 더 많이 먹으라는 뜻이라고 여긴다. 수저와 젓가락을 챙긴 뒤 식판을 들고 먼저 밥을 푼다. 밥을 푸는 일은 내 몫이다. 먹을 만큼 알맞게 푼다. 나는 밥을 많이 먹지는 않는다. 남들은 나에게 많이 먹는다고 놀리지만, 나는 늘 알맞게 먹는다고 생각한다. 물론 내가 알맞다고 여기는 밥 양이 남들 눈에는 조금 많아 보인다는 점은 안다.

밥에 진한 풀빛을 띤 강낭콩이 보인다. 강낭콩을 싫어하는 애들도 있는데 나는 강낭콩이 좋다. 밥알 사이로 씹히는 맛이 남다르기 때문이다. 되도록 강낭콩을 많이 골라서 담았다. 밥을 푸고 나면 아주머니들이 내가 푼 밥을 보고 그에 맞게 반찬을 떠 주신다. 내가 아주머니들과 가깝기에 내 식판 위에는 늘 푸짐한 반찬이 가득이다. 아주머니가 반찬도 국도 듬뿍 담아주신다. 많아서 좋기는 한데 조심스럽다. 국그릇이 아니라 식판에 바로 국을 떠 주기 때문에 식판이 흔들리면 반찬으로 국이 넘치기도 한다. 국이 반찬으로 넘치면 맛을 버린다. 국이 반찬으로 넘어가는 일을 몇 번 겪었는데 끔찍하게 슬펐다.

가장 앞에 섰던 아름이가 앉을 자리를 골라서 우리를 이끌었다. 나는 맨 앞에 서서 자리를 고르는 일은 웬만하면 안 한다. 쑥스럽고 껄끄럽기에 되도록 뒤에서 따라간다. 그리고 맨 앞에 서면 함께 먹는 다섯이 앉을 자리를 골라야 한다. 밥과 반찬을 받은 뒤 자리를 잡으려면 수백 명이 먹는 식당 곳곳을 빠르게 훑어야 한다. 둘레에서 밥 먹는 학생들과 거리도 봐야 하고, 남자애들이 많이 앉은 자리와는 멀리 떨어져야 한다. 창문 쪽이면 좋지만 너무 깊이 들어가서는 안 된다. 문 쪽이나 급식대 옆, 급식을 버리는 곳은 앉지 않는다. 기둥 옆에 의자 여섯 개가 놓인 자리가 으뜸이다. 기둥 옆 자리는 어수선하지 않아서 우리끼리 즐겁게 먹으며 떠들기 딱 좋다.

그러나 영양사 선생님이 서계신 기둥 옆 자리는 다들 꺼려한다. 영양사 선생님은 급식대에서 열 걸음쯤 떨어진 곳에 서서 급식대와 밥 먹는 애들을 한꺼번에 지켜본다. 기둥 옆이라 그 둘레는 밥 먹기에 으뜸인 자리지만, 영양사 선생님이 툭하면 쳐다보기 때문에 거북하다. 조금이라도 먹을거리를 남기면 안 되고, 맛없게 먹는 티를 내서도 안 된다. 그랬다간 당장 날카로운 눈매가 찌를 듯 밀고 들어온다.

영양사 선생님에게 찍힌 몇몇 애들은 선생님을 빵순이라고 부른다. 빵순은 영양사에서 영, 선생님에서 선을 따온 뒤 영을 빵으로, 선을 순으로 바꿔서 만든 이름이다. 물론 나는 빵순이란 말을 쓰지 않을 뿐더러 몹시 싫어한다. 숨김없이 말하자면 나는 영양사 선생님 바로 옆에 앉아도 괜찮다. 나는 어디에서, 무엇을 먹든지 늘 즐겁고 맛있게 싹싹 긁어 먹기 때문이다. 내가 워낙 잘 먹어선지 몰라도 영양사 선생님은 나를 무척 좋아하신다. 나도 선생님이 좋다. 이런 맛있는 밥상을 차려주는 선생님을 좋아하지 않으면 도대체 어떤 선생님을 좋아할 수 있겠는가?

아무튼 자리를 골라잡는 일은 내게 힘겹다. 어쩌다 앞에 서서 자리를 골라야 할 일이 주어지면 속이 갑갑하다. 어디에 앉아야 할지 머뭇거리느라 뒤 따라오던 애들 식판이 내 등에 부딪쳐 교복을 망칠 뻔하기도 했다. 몇 번 그런 일을 당한 뒤에야 골라잡는 일을 하지 않는 꾀를 찾아냈다.

먼저 급식을 다 받은 뒤에 한 걸음 앞으로 간다. 그 다음 한 걸음 옆으로 움직인다. 그러고는 좋은 자리를 찾는 척 두리번거린다. 내가 두리번거리는 사이에 바로 뒤에 따라오는 친구가 내 옆에 선다. 그러면 옆에 선 친구에게 묻는다.

"어디에 앉을까?"

이렇게 친구에게 자리 고르는 일을 떠넘긴 뒤, 친구가 자리를 고르면 '아주 마음에 든다'고 맞장구를 친 뒤 부드럽게 따라가면 된다.

그런데 나만 쓴다고 여겼던 꾀를 다미가 써서 깜짝 놀란 적이 있다. 다미가 맨 앞에 서고 내가 그 다음에 섰을 때였다. 다미는 누가 뭐라고 해도 씩씩하게 자리를 골랐는데, 그날따라 갑자기 이렇게 말했다.

"내가 맨 앞이지. 그렇지만 이번엔 자리 고르는 거룩한 일을 김지민 너에게 넘겨주겠어."

다미는 아주 환하게 웃으며 장난스럽게 말했는데 나는 어쩔 줄 몰랐다. 잠깐 어떻게 할까 망설이며 식당 곳곳을 둘러봤다. 어디로 가야 할지 고를 수 없었다. 하나가 마음에 들면 다른 하나가 마음에 걸렸다. 갈피를 잡지 못하며 속으로 발을 동동거리다가, 문득 이 어려운 일을 넘길 아주 좋은 낱말이 떠올랐다.

"고맙지만 마음만 받을게."

나는 내가 찾아낸 낱말이 참 알맞다고 여겼다. 흐뭇함에 저절로 웃음이 나왔다.

"이런, 내 따뜻한 마음을 받아들이지 않다니, 아쉽군. 좋아! 이번엔 봐주지."

다미는 부풀린 움직임과 장난스런 말투를 섞어 대꾸한 뒤 씩씩하게 자리를 찾아갔다. 나는 다미처럼 맑고 밝은 됨됨이가 참 부럽다. 다미는 거리낌이 없고 싹싹하고 즐거움이 넘친다. 아름이가 묵직하게 빠른 공이라면 다미는 바람처럼 움직이는 공이다. 나는 빠른 공도 움직이는 공도 아니다. 밋밋해서 얻어맞기 딱 좋은 공이다.

오늘은 맨 앞에 선 아름이가 자리를 골랐다. 아름이는 망설임이 없다. 빠르게 고르는데도 다들 마음에 드는 눈치다. 나는 국물이 흐르지 않게만 애쓰면서 아름이가 고른 자리까지 움직였다. 혜나와 아름이가 마주 앉고, 나와 윤지가 마주 앉았다. 맨 끝에 따라오던 다미는 마주보는 친구 없이 앉았다. 다섯이 앉으니 한 사람 앞은 꼭 빈다. 우리는 되도록 돌아가면서 홀로 앉는다. 자리가 비었어도 그 자리엔 아무도 앉지 않는다.

우리 뒤에 따라오던 애들이 다미 옆에 한 자리를 놔두고 옆 자리부터 앉았다. 다른 반 애들인데 6명이다. 다미 옆자리와 앞자리, 그리고 맞모금(대각선) 앞자리가 비었다. 이렇게 비워두고 앉아야 한다. 괜히 비우지 않고 바로 옆에 앉으면 나쁜 말이 오가기도 한다.

가끔 머리가 빈 남자애가 여자애들 사이에 난 자리를 보고, 빈자리라고 와서 앉기도 하는데 그러면 둘레에 앉은 모든 여학생들이 매섭게 노려본다. 그래도 눈치를 채지 못하면 다미나 혜나처럼 입심 좋은 애들이 대놓고 비꼰다. 그만큼 하면 웬만한 애들은 자리를 옮긴다. 아주 눈치 꽝인 애는 끝까지 자리를 뜨지 않는데 그럴 때 아름이가 나서서 진하게 욕을 날려준다. 그럼 아무리 둔한 애도 자리를 뜬다.

자리에 앉았다. 먹기 바로 앞서 식판을 살피며 즐거움을 만끽한다.

'강낭콩밥, 새우미역국, 소고기팽이버섯볶음, 오이부추무침, 배추김치!'

식판에 놓인 먹을거리 이름을 하나씩 부른다.

'다들 나를 위해 이곳까지 와 주었구나. 고마워. 잘 먹을게.'

이제 먹을 때다. 나는 오직 이때를 위해 산다. 드디어 내 배를 기쁨으로 가득 채울 때가 왔다. 젓가락을 들고 소고기팽이버섯볶음에서 가장 맛있어 보이는 한 점을 골라서 입에 넣었다. 씹는 맛도 좋고 혀도 즐겁지만 무엇보다 소고기와 양념에서 우러나온 냄새가 날 기쁘게 한다. 눈도 즐겁고, 혀도 즐겁고, 이도 즐겁고, 코도 즐겁다. 넷 가운데 하나라도 빠지면 다리 하나 빠진 의자에 앉아 샤프심 없는 샤프로 답 없는 수학 문제를 푸는 느낌이다. 소고기팽이버섯볶음은 눈도, 혀도, 이도, 코도 즐거웠다. 소고기가 배에 다다르니 배가 흐뭇하단다. 더 기뻐하고 싶으니 다른 먹을거리도 보내라고 다그쳤다. 나는 배가 시키는 대로 다른 반찬들도 부지런히 먹었다. 한참 먹기에 마음을 쏟는데 애들이 투덜거렸다.

"소고기팽이버섯볶음 맛은 괜찮은데 소고기가 너무 적어. 소고기가 팽이한테 패해서 도망쳤나 봐."

쉼 없이 헐렁한 우스개를 하는 이는 혜나고,

"부추는 곧 밭으로 돌아갈 듯해. 힘이 넘치네."

비꼬는 말투는 다미,

"부추가 밭으로 돌아가려고 하니까, 오이가 오잉~하네."

또다시 썰렁한 우스개는 혜나,

"미역국에 새우는 좀 그렇다."

윤지는 마음에 안 들어도 얌전하게 말한다.

맛있게 먹던 나는 둘레를 두리번거렸다. 왜 마음에 안 들어 하는지 헤아리기 어려웠다. 나에게 맛없는 먹을거리 따위는 없다. 학교 밥이 맛없다고 투덜거리는 애들이 많은데 나는 왜 그런지 정말 모르겠다. 어떻게 먹을거리가 맛없을 수가 있을까? 나는 뭐든 맛있다. 먹을거리면 다 좋다. 그렇다고 내가 모든 먹을거리를 가리지 않고 먹지는 않는다. 조금은 가리면서 먹는다. 물론 다른 사람 눈에는 하나도 가리지 않고 먹는 듯 보일지도 모르지만, 나도 가릴 땐 가린다. 가리는 먹을거리가 뭐냐고 물으면 선뜻 떠오르진 않는다. 떠오르지 않는다고 해서 가리는 먹을거리가 없다고 하지는 말기 바란다. 나도 잘 모르긴 하지만 아무튼 가리는 먹을거리는 있다고 믿는다. 무엇보다 우리 학교 식당만큼 맛있는 곳도 드물 텐데 투덜거리는 애들은 그냥 반찬 투정하는 어린애나 마찬가지라고 본다.

"야, 야, 이게 뭐가 맛없어?"

아름이가 내가 하고 싶은 말을 했다. 아름이와 내 눈이 마주쳤다. 나는 살포시 웃었다. 아름이도 생글생글 웃었다. 우린 많이 다르지만 먹는 얘기만 하면 찹쌀떡이다. 나와 아름이가 친한 까닭은 단 하나다. 아름이도 나만큼 가리지 않고 잘 먹기 때문이다. 좋아하는 먹을거리도 엇비슷하다. 먹기를 좋아하다 보니 몸매도 엇비슷하다. 뒤에서 보면 누가 누군지 모를 만큼 닮았다.

엊그저께는 이런 일도 있었다.

"야, 아름아!"

누군가 내 뒤통수를 세게 쳤다. 돌아보니 모르는 애였다.

"어, 미안, 미안해. 아름인 줄 알고."

나도, 나를 때린 애도 서로 어쩔 줄 몰랐다. 뒤에서 보면 나와 아름인 똑같아 보인다. 일부러 거울을 등지고 서서 내 뒷모습을 찍어보기도 했는데 쌍둥이처럼 닮아서 깜짝 놀랐다.

"야, 저기 너 간다."

아름이가 앞에 가면 옆에 있는 애들이 키득거리며 나를 놀린다. 아니라고 하고 싶지만 아름이 뒤태는 누가 봐도 나다.

"너희 둘은 먹을 때 보면 쌍둥이가 아니라 한 사람이 거울을 보고 먹는 듯해."

함께 밥 먹을 때마다 다미는 아름이와 나를 놀린다. 물론 아름이도 나도 그런 놀림 따위에 흔들리지는 않는다. 둘 다 아랑곳하지 않고 즐겁게 먹는다.

나는 밥과 반찬을 다 먹고 미역국도 모두 싹싹 비웠다. 아름이는 미역국에 든 새우 두 마리를 남겼다.

"헐, 넌 그 까칠한 국물용 새우도 다 먹었어?"

혜나가 동그란 눈으로 나를 봤다.

"지민 승! 아름 패! 지민이 한 수 위네."

아름이는 젓가락으로 새우를 건드렸다. 먹을까 말까 망설이는 듯했다.

혜나 앞에는 먹다 남은 먹을거리가 수북했다.

"못 먹을 먹을거리가 어디 있냐?"

나는 깨끗한 내 식판을 보며 아무렇지 않게 대꾸했다.

"헐, 네 입은 식판 청소기냐? 모조리 빨아들이게."

혜나가 혀를 날름거렸다.

혜나 식판에는 남은 먹을거리가 꽤 많았다. '밥 다 먹는 날'이나 '수요 특식'이 아니면 혜나는 늘 남긴다. 혜나는 남은 먹을거리로 장난을 많이 친다. 오늘도 장난을 쳤다. 남은 밥을 밑에 깔았다. 그 위에 올린 미역 줄기는 머리카락이 되고, 부추와 오이는 손과 다리가 됐다. 남은 팽이버섯을 반으로 쪼개 발을 만든 뒤, 강낭콩 네 개로 두 눈과 코, 입을 만들었다. 남은 김치 국물은 수저로 퍼서 입술 부위를 붉게 만들었다. 남는 먹을거리를 써서 혜나가 만든 사람은 지저분한 듯 지저분하지 않았다. 내가 보기엔 멋진 예술품이었다.

혜나는 미술가가 꿈이다. 그림 볼 줄 모르는 내가 봐도 그림을 참 잘 그린다. 특히 웃긴 그림을 잘 그린다. 쉬는 시간에 김급식(고등학교 급식을 알려주는 앱)을 보고 누군가 나가서 오늘 차림표를 칠판에 적으면 곧바로 혜나가 차림표 옆에 그림을 그린다. 오늘은 밥 옆에 강낭콩 인형을 그리고, 소고기팽이버섯볶음 옆엔 팽이를 치는 소를 그리고, 오이부추무침 옆에는 칼처럼 변한 부추에 찔린 오이를 그려 놓았다. 새우미역국 옆엔 튼실한 새우 두 마리가 뛰어놀았다. 선생님들도 칠판 귀퉁이에 혜나가 그려놓은 그림을 보며 빙긋 웃으실 만큼 재치가 넘친다.

혜나에게 가장 힘든 일은 밥 다 먹기다. 그래서 '밥 다 먹는 날'에는 힘들어한다. '밥 다 먹는 날'에는 반끼리 피나는 다툼이 펼쳐진다. 단 한 명도 안 남겨야 1등이 되고, 1등이 되면 그다음 날 반 모두 특별식을 먹는다. 특별식은 그냥 나오는 급식과는 결이 다르다.

우리는 쉬는 시간마다 김급식을 통해 우리 학교 차림표를 본 뒤, 다른 학교 차림표도 보는데, 그럴 때마다 꼭 맛있기로 소문난 몇몇 '특목고'를 들른다. 특목고 차림표를 볼 때마다 여기저기서 곡소리가 터져 나온다. 우린 뭐 쓰레기 삶이라는 둥, 오늘날에도 귀족은 있다는 둥 별의별 말이 다 쏟아진다. 그런데 '밥 다 먹는 날' 행사에서 1등을 하면 김급식으로 부러워하면서 본 '특목고' 밥상이 우리 앞에도 펼쳐진다. 그러니 어느 누가 남기고 싶겠는가?

반찬을 골라서 퍼가지 못하는데 마음에 들지 않는 반찬을 하나도 남김없이 먹어야 하니 혜나에겐 괴롭고 힘든 일일 수밖에 없다. 그렇다고 남겼다가 우리 반이 1등을 못하기라도 하면 별의별 싫은 소리를 다 들어야 해서 남길 수도 없다. 하여튼 혜나에게 이래저래 남기지 않고 먹기는 고달픈 일이다.

밥을 다 먹고 우리는 식판을 들고 일어섰다. 나는 식판을 들고 단 한 번도 음식쓰레기통 앞으로 가지 않았다. 버릴 먹을거리가 없기 때문이다. 나는 곧바로 식판 되돌려 놓는 곳으로 가서 식판과 수저, 젓가락을 따로따로 놓고 물을 마시러 갔다. 아름이는 음식쓰레기통에 새우 두 마리만 버리고 식판과 수저, 젓가락을 놓았다. 다미와 윤지는 약간만 남겼고, 혜나는 예술품을 고이 간직하고 왔다가 음식쓰레기통에 아까운 예술품을 버렸다.

"아, 내 아까운 작품."

혜나가 식판을 음식쓰레기통에 탁탁 치며 일부러 슬픈 척했다. 그때 스무 걸음쯤 밖에 서 있던 영양사 선생님 눈길이 혜나 식판 위로 꽂혔다. 혜나도 선생님 눈길을 알아챘는지 재빨리 식판을 놓고는 우리 곁으로 뛰어 왔다.

"어휴, 무서워. 오늘 빵순이 눈은 꼭 개구리 잡는 뱀 눈이야."

"네가 개구리란 소리냐?"

다미가 키득거렸다.

"그래 난 개구리 공주다. 왕자님을 기다리는……."

혜나는 아무렇지 않게 받아 넘겼다.

식당을 나온 뒤 우리는 다 같이 칫솔을 챙겨서 화장실로 갔다. 다섯이 함께 모여서 칫솔질을 한 뒤 교실로 돌아왔다. 교실로 돌아오자마자 김급식으로 저녁 차림표를 살폈다. 저녁밥은 또 얼마나 맛있을까 떠올리니 슬금슬금 웃음이 나왔다.

02 짜장면에 탕수육 먹는 날

　나는 수요일이 으뜸으로 좋다. 수요일에는 치킨, 스파게티, 짜장면, 돈가스, 우동 등 다른 날에는 맛볼 수 없는 먹을거리가 가득하기 때문이다. 오늘은 짜장면에 후르츠만두탕수육이다. 거기다 달콤한 크림이 가득한 아이스슈까지. 이런 날은 2교시 끝날 때가 아니라 집에서 아침밥을 먹고 나온 그때부터 점심 생각으로 꽉 찬다.

　우리는 12시가 되자마자 맨 앞줄을 차지했다. 오늘도 다미는 조금 늦었지만 넉살 좋게 새치기를 했다. 오늘은 우리를 비롯한 여학생들이 빠르게 움직여서 꼴사나운 남학생 무리가 저 뒤로 밀렸다. 거울 앞에 서서 깝죽거리는 꼴을 보지 않으니 더 좋다. 수요일엔 학생주임 선생님 말고도 두 분이 더 식당으로 나오신다. 왜

냐하면 너도나도 더 많이 먹으려고 하다 보니 다툼이 벌어지고, 심하면 욕설이 오가기 때문이다.

2학년 선배들까지 일찌감치 줄을 섰기에 식당 들어가는 문은 도떼기시장처럼 시끌벅적했다. 3학년부터 급식에 들어갔는데 뒤늦게 우중충한 꼬락서니를 한 고3 선배들이 밀려들었다. 부스스한 머리, 꾸깃꾸깃한 옷, 푸석한 얼굴들이 우루루 지나가는데 보기 참 딱했다.

"야, 고3 되면 정말 힘들겠다. 저러고 어떻게 사냐?"

다미가 작은 목소리로 걱정스레 말했다.

"그러게, 저게 우리가 나중에 살아갈 모습이잖아. 끔찍하다."

나도 다미에게만 들리게 속삭였다. 수요급식에 들떴던 마음이 차갑게 식었다. 앞으로 다가올 끔찍한 고3 생활을 떠올리니 나답지 않게 밥맛이 싹 가셨다. 그때였다.

"와! 짜장면에 후루츠만두탕수육이래."

지저분한 체육복을 입은 고3 선배 한 명이 해맑게 말하며 우리 앞을 뛰어갔다.

"아이스슈까지~! 정말 좋다!"

또 다른 고3 선배는 며칠은 감지 않은 듯한 머리카락을 휘날리며 바람처럼 스쳐 지나갔다. 그 어디에도 고3이 느껴야 할(?) 괴로움 따위는 없었다.

우린 어처구니가 없어서 서로 쳐다봤다. 우리 걱정과 달리 밥 먹으러 온 고3들은 밝고 즐거울 뿐 아니라 조금은 어린애처럼 해 맑았다. 고3이 돼도 밥 먹는 즐거움은 사라지지 않는가 보다. 나는 엉켰던 마음이 금세 풀렸다. 먹는 즐거움만 사라지지 않는다면 고3도 그다지 괴롭지 않을 테니까. 다시 짜장면과 탕수육, 아이스슈를 떠올리며 달콤한 기쁨에 젖어들었다.

수요일에는 영양사 선생님이 직접 먹을거리를 나눠주신다. 다툼을 막기 위해서다. 선생님 한 분도 급식대 둘레를 오가면서 말썽이 생기지 않게 하신다. 영양사 선생님이 나를 보고 빙그레 웃으시더니 꽤나 많은 짜장면과 탕수육을 주셨다. 남들보다 지나치게 많이 받으면 미운 눈길을 주는 애들이 많다. 두리번거리며 재빨리 다른 애들 얼굴빛을 살폈다.

'뭐하는 짓이야! 많이 받았으면 고맙습니다 하고 얼른 자리로 가야지.'

나는 나를 다그쳤다. 맛있는 짜장면과 탕수육을 앞에 두고 눈치를 보다니 나답지 않았다. 나는 되도록 식판을 몸에 바짝 붙인 뒤, 아이스슈 두 개를 재빨리 챙겨서 아름이 뒤를 따랐다.

특식은 특식이란 이름만큼, 아니 특식이란 이름보다 훨씬 맛있었다. 눈부신 맛이었다. 짜장면과 탕수육을 다 먹고 아이스슈 한 개를 먹은 뒤 나머지 아이스슈를 막 입에 넣을 때였다. 왜 그랬는지 모른다. 왜 하필 그때 내 눈길이 그곳에 머물렀는지 모르겠다. 그때 잠시 머문 눈길로 인해 내 앞날이 망가지리라곤 그때는 생각하지도 못했다.

서로 어울려 먹는 학생들 사이로 홀로 앉아 아이스슈를 먹는 한 여학생이 보였다. 얼굴이 잘 보이지는 않았지만 누군지 알아보기는 어렵지 않았다. 은아였다. 다들 어울려 먹는 사이로 홀로 먹는 은아가 참 쓸쓸해 보였다. 한 번이지만 나도 혼자 먹어본 적이 있기에 그 슬픔을 안다. 선생님이 시키신 일을 하다가 늦어서 혼자 먹게 되었을 때 느낀 외로움은 며칠을 굶은 듯 끔찍했는데, 그 끔찍함을 늘 맛봐야 하는 은아가 너무 안쓰러웠다. 반에서 은아가 늘 외톨이로 지낸다는 걸 아는데도 새삼 은아가 눈에 들어왔다.

특식을 먹고 난 뒤, 달콤한 아이스슈에 깊이 젖은 탓에 은아가 맛보는 쓸쓸함이 더 깊이 다가온 탓인지, 아니면 내 안에 감춰진 양심이 때맞춰 종을 울린 탓인지, 그도 아니면 그냥 불쌍한 느낌이 불쑥 올라온 탓인지는 잘 모른다. 아무튼 내 마음 깊은 곳에서 무언가가 나를 찌릿찌릿하게 건드렸다.

은아가 식당 밖에서 외롭게 지내는 모습은 숱하게 보았어도 아무렇지도 않았다. 그런데 먹는 기쁨이 하늘을 뚫고 올라갈 만큼 치솟았을 때 은아를 보았기 때문에 그냥 넘기기 어려웠다. 혼자 쓸쓸하게 먹는 점심은 아무리 맛난 짜장면과 탕수육이라도, 아무리 달콤한 아이스슈라도 기쁘지 않다. 수많은 학생들 틈바구니에서 혼자 먹는다 함은 '나는 어울릴 친구 하나 없는 혼자'라고 큰소리로 떠드는 꼴이다.

특식을 먹고 나면 한동안 특식을 입에 올리며 수다를 떤다. 먹을 때도 즐겁지만 먹고 나서 친구들과 나누는 수다는 먹는 즐거움을 더 길게 늘려준다. 그런데 은아가 쓸쓸하게 먹는 모습을 떠올리니 수다에 끼어들기가 힘들었다. 은아에게도 즐거운 점심을 맛보게 하고 싶었다. 그러나 선뜻 움직일 수는 없었다. 그 옛날 겪었던 아픔이 내 양심이 시키는 대로 움직이지 못하게 했다.

* * *

수희, 떠올리기 싫은 이름이다. 중학교 때 만난 수희는 은아와 비슷했다. 처음엔 이런저런 애들과 어울렸지만 결국 혼자가 되었다. 중학교 때 혼자인 여학생은 왕따다. 심하게 괴롭힘을 당하진 않았지만 아무도 수희와 어울리지 않았다. 나도 처음에는 마음을 두지 않았다. 그러다 양심이 내는 울림을 물리치지 못해 수희에게 천천히 다가갔다. 다른 애들이 다들 싫어했기에 겉으로 보일 만큼 가깝게 지내진 않았지만 쉴 때 이야기도 나누고, 같이 밥도 먹었다.

처음에 수희는 내 상냥함을 쑥스러워하다가 점차 내게 마음을 열었다. 내가 말을 건네면 살갑게 대꾸했다. 상냥함과 살가움이 만나 즐거움을 만들었다. 그러던 어느 날부터 수희가 몰라보게 달라졌다. 하루가 멀다 하고 무언가를 내게 주고, 때와 곳에 얽매이지 않고 나에게 말을 걸고, 수업이든 쉴 때든 나만 바라봤다. 나와 함께 지내는 애들이 나에게 눈치를 줄 때도 나는 애써 말을 돌리며 별 사이 아니라고 둘러댔지만, 누가 봐도 별 사이가 아니라고 할 수 없었다.

수희는 나와 떨어지지 않으려 했다. 내가 가는 곳은 어디든 같이 가려고 했다. 친구들과 같이 밥을 먹는데도 끼어들었고 내가 챙겨 주지 않으면 수희는 밥도 굶었다. 믿지 않을지 모르지만 어느 날은 밥을 떠주고, 반찬을 입에 넣어 주지 않으면 먹지 않겠다고 투정을 부리기까지 했다. 그때는 정말 미쳐버리는 줄 알았다.

"나 매우면 못 먹어."

"국물이 짜면 싫어."

"물은 미지근해야 마셔."

밥을 먹는데도 까다롭기 그지없었다. 일일이 수희에게 맞추면서 밥을 먹다 보니 내 밥도 제대로 먹지 못했다. 함께 다니는 친구들은 나에게 수희를 멀리하라고 했지만 싫은 말 못하는 나는 어쩔 수 없이 수희와 함께 다녔다. 수희는 중3이 되자 학교를 옮겼는데 그때서야 그 끔찍한 지옥에서 벗어났다. 수희가 학교를 옮기지 않았다면 어떻게 되었을까? 떠올리기만 해도 몸서리치게 끔찍하다.

* * *

수희에게서 받은 생채기는 양심에 따라 움직이려는 내 발목을 붙잡았다. 그럼에도 한 번 생겨난 안쓰러운 마음은 꺼지지 않았다. 아니 도리어 밝게 빛났다. 누르면 누를수록 은아를 챙겨야 한다는 마음이 세졌다. 수업을 위해 교실을 옮길 때나 쉴 때면 은아에게 슬쩍슬쩍 말을 건넸다. 은아는 처음에는 머뭇거렸지만 차츰 나와 몇 마디씩 말을 나눴다. 은아는 나와 더 많이 가깝게 지내고 싶은 낌새였지만 나는 일부러 거리를 두었다. 수희와 겪었던 어처구니없는 일을 되풀이하고 싶지는 않았다. 나는 그저 내 양심에 찔리지 않는 만큼만 하려고 애썼다.

그럭저럭 지내던 어느 2교시 쉬는 시간, 혜나는 늘 하던 대로 앞에 나가 점심 차림표 옆에 재미난 그림을 그렸고, 아름이는 뭐가 그리 신나는지 짝꿍과 낄낄거리며 노닥거렸고, 내 짝꿍인 윤지는 차분히 앉아 책을 읽었고, 나는 점심을 떠올리며 입 안 가득 침을 만들 때였다. 은아가 머뭇거리며 나에게 다가오더니 띄엄띄엄, 겨우겨우, 머뭇머뭇, 살금살금 내게 몇 마디 낱말을 건넸다.

"저기… 오늘 … 나 … 너랑 … 같이 … 밥 … 먹어도 ………

되…니?"

한 낱말 한 낱말 힘겹게 내뱉는 은아가 불쌍했다. 은아가 느끼는 힘겨움이 고스란히 느껴졌다. 안쓰러운 마음이 저절로 일었다. 그럼에도 그때 받아들이지 말아야 했다. 흔들리지 말아야 했는데, 안타까움이 걱정을 앞질러 버리고 말았다. 또다시 싫다는 말 못하는 내 됨됨이가 나를 힘겨움으로 몰아넣었다.

점심시간이 되자 우리는 맨 앞줄에 섰다. 혜나, 아름, 윤지 뒤에 내가 섰는데, 은아가 내 바로 뒤에 바싹 붙었다. 뒤늦게 나타난 다미가 내 뒤로 들어오려 했지만 은아가 자석처럼 내 뒤에 바싹 붙었기에 파고들지 못했다. 다미는 고개를 갸웃하더니 내 앞으로 끼어들었다.

"으힛, 그렇게 딱 붙으면 새치기 못할 줄 알았지? 난 여기로 가지롱."

다미가 오자 우린 또다시 점심을 입에 올리며 신나게 떠들었다. 나는 은아에게 마음이 많이 쓰였지만, 점심을 떠올리자마자 설렘으로 가슴과 혀가 두근거렸기에 걱정보다는 즐거움이 앞섰다. 식판을 들고 우리들이 함께 먹을 곳으로 움직였다. 혜나와 아름이가 마주 앉고, 윤지와 다미가 마주 앉았다. 나는 다미 옆에 앉았다. 우리는 모두 다섯이기에 여느 때 같았다면 내 앞자리는 비어야 마땅하다. 그런데 오늘은 은아가 아무도 앉지 말아야 할 자리에 앉았다. 물론 내가 그러라고 했다.

은아가 내 앞 자리에 앉자마자 싸늘한 눈길이 은아에게 쏟아졌다. 내 멋쩍음과 친구들이 보내는 차가움이 뒤섞였다. 윤지와 다미와 혜나는 은아를 한참 보다가 내게 눈길을 돌렸다. 어떻게 된 일인지 내 말을 듣고 싶은 눈치였다.

"저… 그게."

내가 막 말을 꺼내려고 할 때였다.

"너 뭔데 여기 앉아? 저리 안 가?"

아름이었다. 칼처럼 차가운 말투였다.

은아는 아무 말도 못하고 돌덩이처럼 굳어졌다.

"저~ 아르……."

내가 어떻게 된 일인지 말하려고 했지만 또다시 한 발 늦었다.

"내가 식판 들어서 옮겨 줄까?"

아름이가 한겨울 찬바람보다 매섭게 몰아치자 은아는 고개를 푹 숙이고 식판을 들고 일어났다.

'야, 한아름. 그래도 말을 그딴 식으로 하면 안 되지.'

이렇게 말하려고 했다. 그렇지만 입이 떨어지지 않았다. 내게는 아름이와 다툴 만한 씩씩함이 없었다. 식판을 들고 일어난 은아는 식당 가장 깊은 구석으로 자리를 옮겼다. 눈동자 열 개가 은아를 좇았다. 은아가 의자에 앉고 난 뒤에야 여덟 눈동자는 제자리로 돌아왔다. 내 눈동자는 여전히 은아에게 머물렀다. 아무도 앉지 않는 식당 구석에 앉아 쓸쓸히 밥을 먹는 은아를 한참 바라봤다. 슬프고 안쓰러웠다. 그대로 넘어갈 수는 없었다. 친구들에게 뭐라도 한마디 해야만 했다.

"아름아, 이러다 선생님께 혼나면 어떡해?"

내 딴에는 세게 얘기한답시고 꺼낸 말이었다.

"우리가 잘못해서 은아가 외톨이는 아니잖아. 우리 잘못이 아닌데 뭐가 문제야?"

아름이는 나보다 센 말투로 내 말을 받아쳤다.

"그렇긴 하지만……."

나는 무언가 되받아치려다 입을 다물었다. 아름이가 한 말이 맞다고 여겨서 입을 다물지는 않았다. 뭐라고 되돌려 줄 말이 떠오르긴 했지만 아름이에게 맞설 굳건함이 내겐 없었다. 무엇보다 또다시 힘들게 착한 척하고 싶지 않았다. 나는 재빨리 나를 다독였다.

'그쯤 했으면 할 만큼 했어.'

내 마음을 다독이고 나니 찜찜함이 줄어들었다. 나는 아무렇지 않게 밥을 먹으려 애썼지만 쉽지 않았다. 점심은 소담스러웠고 맛있었지만 전혀 기쁘지 않았다. 배는 불렀지만 마음은 고팠다. 때를 봐서 은아에게 잘못했다고 말하고 싶었다. 무척 아팠을 은아 마음을 달래주고 싶었다. 그러나 내게는 그럴 틈조차 없었다.

오후 첫 쉬는 시간에 아름이가 은아를 불러내 쏘아붙였기 때문이다.

"네가 뭔데 우리한테 꼽사리 끼냐?"

"그게… 내가… 어떻게 됐냐면 ……."

은아가 뭔가 말하려 했지만 은아 말을 기다릴 아름이가 아니었다.

"알고 싶지 않아."

망나니 칼이 따로 없었다.

"내가 하고 싶은 말은 하나야. 우리 사이에 끼어들 생각은 하지도 마. 알았어?"

그걸로 끝이었다. 아름이는 은아를 무섭게 몰아냈고, 은아는 힘없이 물러났다.

아름이가 은아를 몰아붙일 때 나는 그 옆에 없었다. 윤지가 보고 내게 말해 주었는데 은아가 안쓰럽고, 아름이한테 엄청 짜증이 났다. 짜증이 난 나는 처음으로 아름이에게 따져 볼까 생각해 봤지만 바로 고개를 저었다. 나는 아름이와 다툴 깜냥이 못되기 때문이다.

아름이는 남다르다. 아름이에게선 남다른 아우라가 풍긴다. 아름이는 제 이름을 자랑스러워한다. 너무 아름다운 이름이라며 좋아한다.

"내 이름 너무 좋지 않냐? 아름은 넉넉해서 좋고, 아름다워서 좋고, 아름답게 산다는 뜻이 있어서 더 좋고. 내 이름이 으뜸이야!"

이런 말을 거리낌 없이 하고 다닌다.

3월 말에 있었던 일이다. 학교 곳곳에 개나리와 벚꽃이 피었다. 다들 봄이 왔다면서 즐거워했다. 그때 아름이가 얼굴빛을 고치고 말했다.

"4월 7일이 내가 태어난 날이야. 내가 태어난 날이 지나야 비로소 봄이야. 나는 봄 햇살을 받고 태어났어. 나를 반기면서 봄이 열렸지. 그러니 내가 태어난 날이 지나지 않았다면 봄이라고 부르면 안 돼. 다들 알았지? 봄은 4월 7일부터야!"

아름이가 하도 세게 말하고 다녀서 애들 입에서 봄이란 말이 쏙 들어갔다. 이런 일이 생긴 뒤 아름이를 잘 알지도 못하는 애들까지 아름이가 태어난 날은 모두 알게 됐다.

"어머, 해가 나를 비추기 위해 떠올랐어. 저 햇살 봐! 나만 비추잖아."

아름이를 교문에서 만났을 때 아름이가 나에게 했던 말이다. 나는 손발이 오그라드는 줄 알았는데 아름이는 아무렇지도 않은 듯했다. 나뿐 아니라 여러 명이 아름이한테 햇살 이야기를 들었다. 그래서 그 뒤로 아름이 별명은 '햇살임금'이 되었다.

아름이는 약간 오동통한 몸매임에도 거리낌이 없다.

"나는 통통해. 그래도 뚱뚱하진 않잖아. 다들 윤지처럼 예쁘고 날씬하면 사는 재미가 없지."

아름이는 말로만 하지 않는다. 진짜로 겉모습에 아무런 마음을 두지 않는다.

이런 아름이와 말싸움을 벌일 수 있겠는가? 그러면서도 속이 부글부글 끓었다. 점심 먹을 때 은아를 끼워 주기만 하면 되는데 뭐가 그리 싫은지 모르겠다. 아름이는 어울리는 친구들도 많고, 친구가 없더라도 아랑곳하지 않기에 은아 마음을 눈곱만큼도 모른다. 은아는 전교생이 보는 앞에서 혼자 밥을 먹는다. 하루 이틀도 아니고 날마다 혼자 먹는다. 그 외로움과 괴로움을 아름이가 조금이라도 생각한다면 은아를 차갑게 몰아붙이는 짓을 하면 안 된다. 몸에서 뜨거움이 치솟았다. 용암이 끓듯 노여움이 부글부글 끓었지만 무엇 하나 하지를 못했다. 나에게 짜증이 났다.

저녁때 빨리 가지 않고 일부러 교실에 남았다. 저녁을 아직 먹으러 가지 않은 은아에게 다가가 말을 건네려고 했다.

"저, 은아야, 내가 잘……."

'잘못했어'란 말을 다 하기도 전에 은아는 벌떡 일어나 나가 버렸다. 북극에서 얼음을 만진 듯했다. 은아가 나간 문에서 찬바람이 불어서 나를 휘몰아쳤다. 다음 날부터 은아는 나와 눈길도 마주치지 않았다. 여전히 은아는 혼자였고, 나는 여전히 아름, 윤지, 다미, 혜나와 함께 밥을 먹었다. 겉으로는 똑같았다. 그러나 내 속 마음은 옛날과 같지 않았다. 슬픔, 짜증, 노여움, 안타까움이 뒤죽 박죽 뒤섞여 나를 흔들었다.

03 닭날개튀김을 떠나보내는 슬픔

나는 학교 식당 차림표 안내장을 받으면 집에 오자마자 맛있는 먹을거리에 형광펜을 칠한다. 가장 먼저 살피는 날은 특식이 나오는 수요일이다. 이번 달 수요일은 치즈돈가스, 파인애플스테이크, 불고기비빔밥, 스파게티였다. 맛을 떠올리며 흐뭇한 마음으로 노란색을 칠했다. 기쁜 수요일을 뒤로 하고 다른 날을 살폈다. 쭉 훑어보는데 가장 앞선 칸 차림표에 쓰인 '닭날개튀김'이 눈에 확 띄었다. 날짜를 보니 다음 날이었다. 내일 '닭날개튀김'이 나온다니, 가슴이 두근거렸다. 닭 날개를 뜯을 때 느끼는 짜릿함, 닭 날개 살을 씹을 때 샘솟는 흐뭇함, 닭날개튀김 겉을 감싸는 빛깔이 주는 아름다움까지 하나도 놓치지 않고 떠올렸다. 나도 모르게 침이 고였고 키득거리기까지 했다. 나는 '닭날개튀김'을 진한 장미꽃 빛깔로 칠했다. 장밋빛 '닭날개튀김'은 내가 보기엔 장미보다 아름답고, 향긋했다. 내가 혜나처럼 그림을 잘 그린다면 닭 날개 그림이라도 그렸을 텐데, 그림 솜씨라고는 없는 내가 안타까웠다.

쭉 살피면서 내가 좋아하는 차림표를 찾았다. 열무비빔밥, 멸치소시지볶음, 완자전 등은 풀빛으로 칠했다. 멸치소시지볶음은 '멸치'와 '볶음'은 빼고 소시지만 돋보이게 칠했다. 여러 빛깔로 채워진 차림표를 두루 살핀 뒤 차림표를 내 책상 앞 한 가운데에 곱게 붙였다. 바라볼수록 흐뭇했다. 지난달 차림표는 조심스럽게 떼어낸 뒤 차림표를 모아놓은 서랍에 넣었다. 내 서랍에는 중학교 때부터 꾸준하게 모아온 차림표가 모두 다 있다. 나는 지나간 차림표를 보며 그때 먹었던 맛을 떠올리며 노닥거리길 좋아한다.

'닭날개튀김'을 떠올려선지 몰라도 아침에 번쩍 눈이 떠졌다. 맛있는 차림표가 주는 설렘은 내 몸에 붙은 늦잠까지도 이겨냈다. 시험 때도 늦잠을 이겨 내지 못했는데 '닭날개튀김'이 내 늦잠을 몰아냈다. 남들이 알면 비웃겠지만 나는 이런 내가 마음에 든다. 아침 일찍 엄마를 다그쳐서 밥을 먹고 부지런히 학교에 갔다. 학교에 아침 일찍 간다고 '닭날개튀김'을 일찍 먹지는 못하지만 나는 조금이라도 빨리 가려고 발걸음을 서둘렀다. 쉬는 시간에 아름, 혜나와 함께 점심에 먹을 닭날개튀김을 떠올리며 홍겹게 이야기를 나눴다. 식당 거울 앞에 서서 다섯이 수다를 떨 때도 그윽하게 풍겨오는 닭날개튀김 냄새에 벌써 입안에 침이 가득했다. 익숙한 닭 날개 냄새 사이로 무언가 이상야릇한 냄새가 살짝 났지만 기쁨이 너무 컸기에 별로 마음을 기울이지 않았다. 내 혀는 냄새만으로도 이미 닭날개튀김 맛을 즐기며 기뻐했다. 오늘따라 더디게 움직이던 시계가 12시 40분을 가리키자마자 학생증을 단말기에 대고, 닭날개튀김을 받으러 뛰어갔다. 아무리 마음이 앞선다 해도 내 몸을 맨 앞에 세우지는 않았다. 자리를 고르는 괴로움은 닭날개튀김을 빨리 받고 싶은 마음보다 셌다. 닭날개튀김이 만든 '끌어당기는 힘'도 자리를 고르는 괴로움이 만든 '밀어내는 힘'을 이겨 내지 못했다.

발걸음을 살짝 늦추었지만 누구보다 앞서서 닭날개튀김 두 조각을 받았다. 큼지막한 닭날개튀김 두 조각이 내 식판에 푹 안겼다. 흑미밥에 도토리묵상추무침과 배추김치, 그리고 황태미역국이 함께 나왔다. 나는 맛있는 반찬은 나중에 아껴 먹는다. 닭날개튀김쯤 되는 값진 먹을거리는 마지막에 먹어야 한다. 다 먹고 난 뒤 닭날개튀김 냄새와 맛이 입 안 가득 퍼지는 즐거움을 길게 누리고 싶기 때문이다. 닭날개튀김처럼 뛰어난 반찬을 먹은 날에는 칫솔질도 되도록 뒤로 미룬다.

나는 닭날개튀김에서 풍기는 냄새를 즐기면서 다른 반찬을 천천히 먹었다. 맛있는 반찬을 앞두고 먹는 속도를 올리는 짓은 제대로 먹을 줄 모르는 바보들이나 한다. 지나치게 느려도 안 되지만 빠르지 않게 먹으면서 마지막 봉우리 쪽으로 차근차근 올라가야 한다. 꼭대기에 올라설 때 으뜸으로 기쁜 맛을 느끼기 위해 젓가락과 입놀림을 알맞게 맞추어 나간다. 알맞은 움직임으로 밥과 반찬을 다 먹었다. 국물까지 다 먹었다. 식판은 깨끗했다. 아껴먹으려고 두었던 닭날개튀김 두 조각이 드디어 내 입으로 들어온다. 가슴이 두근거린다.

젓가락으로 닭날개튀김을 집었다. 촉촉한 느낌이 손끝을 타고 대뇌까지 옮겨왔다. 코를 닭날개튀김 가까이로 움직여 냄새를 맡았다. 코를 가까이 대자 아까부터 무언가 이상야릇하다고 느꼈던 냄새가 진해졌다. 닭튀김 맛에 뒤섞여 된장인 듯 겨자 같은 냄새가 함께 느껴졌다. 혹시 맛없으면 어떡하지? 걱정이 잠깐 밀려들었지만 어제부터 키워왔던 설렘이 걱정을 밀어냈다. 닭 날개에서 살이 많은 쪽을 골라 한입 베어서 입에 넣었다. 씹었다. 그리고 놀랍게도, 옛날 나라면 도저히 하지 않을 짓을 했다.

닭날개튀김에서 베어낸 살을 …… 뱉 … 었 … 다. 뱉었다. 뱉어냈다. 닭날개튀김을 뱉어 버렸다. 어지간하면 가리지 않고 먹는 나도 삼키기 힘든 닭날개튀김이었다. 삼키기는커녕 다시는 씹고 싶지도 않았다. 입이 메스꺼웠다. 껄끄러운 맛과 냄새가 이미 먹을거리로 가득 찬 배까지 건드려서 배가 뒤틀리는 듯했다. 이미 먹은 먹을거리들이 밖으로 뛰어나오지 않을까 걱정스러울 만큼 속이 매스꺼웠다.

3일쯤 뜨거운 사랑방에 겨자를 묵힌 뒤 거기에 닭 날개를 담갔다가 다시 하루를 질 나쁜 된장에 집어넣어 푹 절인 뒤에 며칠은 썼을 튀김 기름에 튀겨 내면 이런 맛이 날까? 닭날개튀김을 먹기에 앞서 국물까지 싹 비워 버렸는데 배 안으로 사라져 버린 국물이 무척 그리웠다. 한 모금이라도 남겨뒀으면 더러움으로 가득 찬 입을 헹굴 텐데, 미치도록 국물이 그리웠다. 빨리 차가운 물로 입을 헹궈내고 싶었다. 물을 마시려면 일어나야 하고, 일어나면 남은 닭날개튀김은 버려야 한다. 그 짓을 하고 싶지는 않았다. 먹을거리를 버리는 짓은 차마 못하겠다.

겉이 멀쩡한 닭 날개 하나와 옆이 뜯겨져 나간 닭 날개 하나가 애처롭게 식판 위에 남았다. 뜯겨져 나간 살점이 먹어 달라고 비는 듯했다. 버려지기 싫다고 내 바짓가랑이를 붙잡는 듯했다. 딱했다. 일어설까 하다가 꾹 참고, 혹시나 하는 마음으로 뜯겨져 나간 닭날개튀김에서 튀김을 벗겨냈다. 속살은 먹을 만하지 않을까 싶었기 때문이다. 살금살금, 슬금슬금 젓가락을 놀려 튀김을 벗겼다. 닭 날개가 하얀 속살을 드러냈다. 속살 한 점을 살포시 골라내서 한입 씹었다. 이런~! 곧바로 다시 뱉었다. 속살도 튀김과 다

를 바 없었다. 쓸데없는 짓이었다. 입맛만 버렸다. 아니 더 나빠
졌다.

입안에 도는 야릇한 냄새가 쉼 없이 나를 괴롭혔다. 속이 울
렁거렸다. 한 숟가락도 남기지 않고 모조리 마셔 버린 미역국물
이 또 생각났다. 미역국물이라도 한 모금 마신다면 얼마나 좋을
까? 그런데 미역국물도 없었다. 내 식판은 국물 한 방울도 없이
깨끗했다. 깨끗한 식판 위에 놓인 닭날개튀김이 먹어 달라고 힘껏
나를 끌어당겼지만 내 마음은 이미 되돌리지 못하는 돌덩이였다.
겉은 빛나지만 맛은 구역질 나는 닭날개튀김이 슬퍼 보였다. 슬펐
지만 달리 어찌할 길이 없었다. 일어섰다. 눈물이 핑 돌았다.

음식쓰레기통으로 걸어갔다. 고등학교에 올라와 한 번도 가지
않던 길이었다. 처음 가는 길이라 낯설었다. 내가 이런 짓을 저질
러도 되나? 김지민, 다시 생각해 봐. 먹을거리를 버리면 벌 받아.
너는 하루 한 끼 먹기도 어려운 나라에 사는 어린이들을 보며, 제
대로 먹지도 못하는 어린이들을 배불리 먹이는 일을 하고 싶다고
했잖아? 그 어린이들이 배불리 먹는 모습을 볼 때까지는 결코 내
가 먹어야 할 먹을거리를 남겨서 쓰레기를 만드는 짓 따위는 하지
않기로 했잖아? 굳게 다짐했던 마음을 저버리려고 하니?

나는 어린아이처럼 도리질을 쳤다. 이런 닭날개튀김은 사흘은
굶어서 죽고 싶지 않을 때를 빼고는 먹기 힘들다. 문득 닭날개튀

김을 얼려 두었다가, 사흘쯤 굶고 난 뒤에 먹어볼까 생각했다. 그러면 버리지 않아도 된다. 그러나 사흘을 굶을 수는 없었다. 사흘을 굶으면 닭날개튀김이야 먹겠지만, 나는 아마 주검이 될지도 모른다.

'어쩔 수 없어. 내 잘못이 아니야. 슬프지만 다른 길은 없어.'

나는 눈물을 머금고 닭날개튀김 두 조각을 음식쓰레기통에 버렸다. 내가 먹을거리를 쓰레기통에 버리는 날이 오다니, 내가 고등학교를 다닐 때에는 이런 날이 없을 줄 알았는데, 아주 슬펐다. 피눈물이 났다. 내가 버린 닭 날개뿐 아니라 수많은 닭 날개들이 음식쓰레기통을 가득 채웠다. 내가 못 먹는 닭날개튀김이라면 우리 학교에서 먹을 만한 학생은 없다고 봐도 된다.

식판을 놓고 교실로 걸어가는 내내 떠나보낸 닭날개튀김 두 조각이 머리에서 지워지지 않았다. 머리는 아쉬움으로 가득했지만 발은 빨리 움직였다. 빨리 입안을 가득 채운 끔찍한 냄새를 칫솔질로 지워 내고 싶었기 때문이다. 칫솔질을 하는데 여기저기서 못마땅한 말들이 쏟아져 나왔다.

"닭이 똥물에서 샤워하고 나온 줄."

"나는 내 남동생 발 썩은 냄새보다 더러운 냄새는 처음이야. 토할 뻔."

왜 그렇게 됐을까를 두고도 말이 많았다.

"닭을 키운 양계장에 나쁜 일이라도 벌어졌을까?"

"못 먹일 사료를 먹였는지도 모르지."

"닭 날개를 냉장고에 안 넣어두었을까?"

투덜거림은 점심시간이 끝나고도 끊임없이 이어졌다. 수업을 마치고 쉴 때마다 닭날개튀김이 입에 오르내렸다. 교실은 술렁거리고 어수선했다. 그런 걸레 같은 먹을거리는 처음이라는 둥, 발썩은 냄새가 난다는 둥, 빵순이 입맛이 똥 맛이라는 둥, 온갖 겉대중과 헐뜯음이 저녁 식사 때까지 학생들 입과 입 사이를 떠돌아다녔다.

어쩌다 한 번 그런 줄 알았다. 그냥 닭날개튀김을 만들면서 무언가 뜻하지 않은 잘못이 빚어졌으리라 믿었다. 그런데 아니었다. 닭날개튀김에서 멈추지 않고 잇달아 맛없는 먹을거리가 나왔다.

닭날개튀김을 슬프게 떠나보낸 다음 날은 수요일이었다. 특식이 나오는 날이다. 더구나 내가 아주 좋아하는 돈가스와 치즈가 함께 나온다. 어제 느꼈던 아픔을 뒤로 하고 두근두근 떨리는 손으로 치즈돈가스를 받았다. 그러나 내 바람은 치즈돈가스를 받자마자 산산이 깨졌다.

치즈돈가스 하면 마땅히 치즈를 품은 돈가스여야 한다. 촉촉한 치즈를 품은 탱글탱글한 돈가스를 씹으면 치즈 맛과 돈가스 맛이 어우러지며 입안을 휘젓는다. 촉촉함과 탱글탱글함이 뒤섞이며 서로 북돋우고, 치즈 냄새와 돈가스 양념이 주고받는 장단에 맞춰 혀가 즐겁게 춤을 춘다. 그래야 치즈돈가스다. 안타깝게도 내가 받은 치즈돈가스는 말 그대로 치즈와 돈가스였다. 돈가스 위에 가게에서 파는 치즈 한 조각을 올려놓았다. 어이가 없었다.

온몸에 힘이 쭉 빠졌지만 마음을 다잡았다. 그래도 치즈와 돈가스잖아. 한입 넣었다. 씹었다. 젓가락을 놓았다. 나도 모르게 한숨이 나왔다. 어쩜 이렇게 맛없음을 넘어 야릇하고 고약한 돈가스를 만들었을까? 가게에서 파는 그저 그런 치즈야 그렇다 쳐도, 돈가스 맛은 어제 겪었던 닭날개튀김과 별다를 바 없었다. 씹을까, 말까? 아니 뱉을까, 말까? 만약 뱉으면 점심은 끝이다. 억지로 씹었다. 삼켰다. 괴로웠다. 혹시나 해서 치즈 빼고 돈가스만 먹어봤다. 마찬가지였다. 뱉어 내고 싶었지만 굶을 수는 없기에 꾹 참고 삼켰다.

입안이 괴로웠다. 다른 반찬으로 더러운 느낌을 씻어 내고 싶었다. 김치를 집었다. 김치가 지닌 매콤함이 돈가스가 준 아픔을 씻어 주리라 믿었다. 그런데 김치도 믿음을 저버렸다. 엉망이었다. 내 혀가 어떻게 되었나? 갑자기 내 입맛이 사라졌나? 나만 이런가? 나는 먹기를 멈추고 둘레에 앉은 친구들을 살폈다.

나는 먹을 때 남이 어떤가는 별로 살피지 않는다. 오직 내 손과 내 혀와 내 머리와 내 코와 내 배만 생각한다. 가끔 둘레를 얼핏 보기는 하지만 마음을 두지는 않는다. 홀로 먹기가 정말 싫어서 친구들과 같이 먹지만, 친구들과 함께 먹기만 할 뿐 친구들이 어떻게 먹는지는 돈가스 부스러기만큼도 마음을 두지 않는다. 그렇기에 친구들이 어떻게 먹는지 살피는 일은 좀처럼 없다. 살펴보니 모두 나 못지않게 얼굴을 찌푸리며 먹었다.

굶을 수는 없었다. 어떻게든 먹어서 배를 채워야 했다. 다른 반찬을 먹었다. 끔찍하진 않았지만 맛이 별로였다. 밥 먹기가 이렇게 힘든 일인지 그때 처음 느꼈다. 한 젓가락 한 젓가락, 한 숟가락 한 숟가락이 힘겨웠다. 이런 말은 하기 싫지만, 내 삶에서 이런 날이 오리라고는 믿지 않았지만, 반찬을 다 먹지 못하고…… 남겼다. 더군다나, 더군다나, 밥도 남겼다. 국그릇에 남은 먹을거리를 모으는 내가 낯설었다. 이렇게 먹을거리를 남긴 지가 언제인지 떠오르지 않았다. 고등학교 들어와서 남긴 적은 없다. 중학교 다닐 때도 이렇게 남긴 적이 있었는지 잘 모르겠다. 먹지 못한 먹을거리가 담긴 식판을 들고 일어선 뒤 음식쓰레기통까지 걸어가는데 아쉬움, 안타까움, 안쓰러움, 답답함, 먹먹함이 밀려들어 발걸음 하나 옮기기도 힘들었다.

'맛이 없어서, 밥과 반찬을 남기다니…….'

'있을 수 없는 일이야.'

'아니, 있어서는 안 되는 일이야.'

어디에선가 굶으며 지낼 어린 아이들이 떠올랐다.

'내가 버리려는 밥이라도 아이들은 고마워하며 먹을 텐데……'

'내가 이런 짓을 저질러도 되나?'

가슴이 아팠다. 이러저런 생각들로 어지러웠다. 어지러움을 누르려고 잠시 멈추기까지 했다. 식판을 빨아들인다 해서 '식판 청소기'라 불리던 내가 왜 이렇게까지 되었을까? 설마 앞으로 또 이런 엉터리 반찬들이 무더기로 나오지는 않겠지? 두려웠다. 앞으로 학교 식당에서 밥 먹을 일이 걱정이었다. 학교 식당을 떠올리면 늘 설렘과 기쁨이 가득했는데 이젠 걱정과 괴로움이 앞섰다.

한 번 찾아온 괴로움은 끊이지 않고 물결처럼 밀려왔다. 그날 저녁에 나온 멸치소시지볶음은 나를 무참히 쓰러뜨릴 뻔했다. 멸치는 대개 쭈글쭈글한 꽈리고추나 아몬드와 볶는다. 꽈리고추는 고추 내음을 더하고, 아몬드는 바삭함을 더한다. 물엿을 넣어서 달콤함을 더하고 바삭하게 씹히는 맛이 나도록 볶아야 한다. 그래야 제대로 된 멸치볶음이다.

소시지와 멸치를 볶는다고 해서 무언가 내가 모르는 남다른 맛이 날 줄 알았는데 폭삭 망한 맛이었다. 멸치소시지볶음을 씹는데 기름에 버무려진 나물을 씹는 느낌이었다. 소시지와 멸치와 함께 흥건한 국물이 건네졌는데 무슨 소시지멸치국인 줄 알았다. 소시지와 멸치를 볶았는데 웬 국물이 그리도 많은지 모르겠다.

슬프게도 또다시 남겼다. 음식쓰레기통까지 또다시 힘겹게 걸어갔다. 식판을 탁! 탁! 치는 내가 낯설었다. 탁! 탁! 소리가 가슴을 후벼 팠다. 어깨를 축 늘어뜨리고 걷는데 아름이가 내 어깨에 손을 얹었다.

"배고프지?"

나는 힘없이 고개를 끄덕였다.

"혹시 너 아냐? 이번 일이 다 나쁜 꿍꿍이가 있어서래."

나는 동그랗게 눈을 뜨고 아름이를 봤다.

"나쁜 꿍꿍이?"

"그래, 나쁜 꿍꿍이."

"무슨?"

가슴이 쿵쾅거렸다.

"한 달쯤 전에 우리 학교에 가게가 새로 생겼잖아."

한 달쯤 전에 학교 안에 없던 가게가 생겼다. 가게가 생길 때 나는 누구보다 기뻐했다. 사람이 세끼만 먹고 살 수는 없다. 아침과 점심, 점심과 저녁 사이에 배가 고플 때가 많기 때문이다.

"넌 점심때 그렇게 먹고 또 먹니?"

잘 먹지 못하는 혜나는 점심을 잔뜩 먹고 군것질까지 챙겨 먹는 나를 보면 늘 놀라워한다.

"나는 밥 배 따로, 군것질 배 따로야. 몰랐어?"

"네가 소냐? 밥 배와 군것질 배가 따로 붙어 있게?"

"모르는구나. 텔레비전에서 봤는데 위를 꽉 채워도 먹고 싶은 마음이 들면 위가 빈 곳을 만든대."

"말도 안 돼."

"진짜야, 못 믿겠으면 찾아 봐."

나는 군것질을 즐긴다. 학교 가게가 정말 좋다. 그런데 학교급식 맛이 안 좋아진 까닭이 가게와 이어진 나쁜 꿍꿍이 때문이라니, 무슨 말일까?

"우리 학교급식이 지나치게 맛있어서 가게가 잘 안 된대. 물론 너와 나 같은 애들만 있으면 급식이 아무리 맛있어도 가게도 잘되겠지만. 다들 우리 같지는 않잖아?"

"물론…… 그렇지."

나는 '물론'과 '그렇지' 사이를 길게 늘였다.

"그래서 가게를 잘되게 하려고 일부러 급식을 맛없게 했대."

"설마~."

나는 믿기지 않았다.

"음, 뭐, 애들 사이에 도는 소문이긴 한데, 나름 맞는 말 같지 않아?"

아름이 말을 모두 믿지 않았지만 그럴지도 모른다는 생각은 들었다.

"혹시 그럼 영양사 선생님이 가게에서 뒷돈을……."

차마 그 뒷말은 나오지 않았다.

"그야 모르지만 엇비슷한 말들이 애들 사이에 돌기는 해."

머리가 뒤죽박죽이었다. 더 생각하고 싶지 않았다. 아름이도 나와 같은 마음이었는지 말을 돌렸다.

"아무튼…… 무지 배고프다. 그치?"

"등가죽에 뱃살이 들러붙는 줄."

"뒤에 어떤 나쁜 꿍꿍이가 있는 줄은 모르지만 어쨌든 가게에 가서 뭐 좀 사먹자. 도저히 못 참겠다."

나와 아름이는 가게에 가서 빵 네 개, 과자 두 봉지를 샀다. 거기에 아이스크림과 음료수도 하나씩 샀다. 과자부스러기, 음료수 한 방울 남기지 않고 싹싹 핥아서 먹었다. 그러고 나니 슬프고 아픈 느낌이 가셨다.

가게에서 나와 교실로 오는 내내 아름이가 말한 '나쁜 꿍꿍이'라는 말이 머리에서 떠나지 않았다. 정말 '나쁜 꿍꿍이'가 있을까? 영양사 선생님이 가게와 나쁜 뒷거래라도 했을까? 만약 그렇다면 영양사 선생님은 진짜 빵점짜리 빵순이다. 별의별 생각이 다 떠올랐지만 어림잡을 뿐 정말 그런지 알 길은 없었다. 그저 내 마음만 괴롭고 뒤죽박죽이 될 뿐이었다. 내일은 먹을 만할까? 떠올리기만 해도 즐거웠던 학교 식당으로 다시 되돌아갈까? 앞으로도 쭉 이러면 어떻게 하지? 걱정은 깊어졌지만 풀어 나갈 길은 도무지 보이지 않았다.

04 튀김 기름은 학교 유전에서 나온다

"줄 똑바로 못 서니?"

"학생증 제대로 대고 들어와."

"밥을 왜 그렇게 지저분하게 떠."

"자꾸 흘리면서 먹을래."

"그렇게 많이 남기면 어떡하니?"

"바닥에 이렇게 많이 떨어졌잖아. 제대로 안 버릴래?"

영양사 선생님이 날카로워졌다. 밥을 먹는데 곳곳을 돌아다니며 잔소리를 하셨다. 예전에는 식당 한 곳에 자리를 잡고 묵묵히 이곳저곳을 보기만 하셨는데 식당 먹을거리에 대한 못마땅한 말들이 많아진 뒤부터 곳곳을 돌아다니며 잔소리를 해댔다.

"오늘 왜 이럼?"

"이걸 먹으라고?"

"또 가게 가야겠네."

"빵순이 진짜 빵이다, 빵!"

애들은 틈만 나면 먹을거리가 왜 이러냐고 투덜거렸다. 영양사 선생님이 다가오면 잦아들었다가 사라지면 다시 투덜거렸다. 나는 먹을거리가 마음에 들지 않아 속상하고 괴로웠지만, 선생님을 좋아하기에 일부러 싫은 소리를 하지 않았다. 아니 하기 어려웠다는 말이 더 맞다. 선생님은 내가 즐겁게 먹는 모습을 유난히 좋아하셨는데, 맛이 없어진 뒤부터 선생님께 내가 먹는 모습을 보여주지 않으려고 애쓰기까지 했다. 그럼에도 싫은 소리는 한마디도 하지 않았다. 아름이와 단 둘이 있을 때 잠깐 투덜거리긴 했지만 다른 애들 앞에서는 입도 뻥긋 안 했다. 속은 타들어 갔지만 선생님을 생각해 꾹~ 참았다.

"요즘 학부모들이 학교 식당 때문에 전화를 많이 한다더라."

학교에서 벌어지는 일을 쫙 꿰고 있는 다미가 점심을 먹다가 주위를 살피며 조심스럽게 말했다.

"심지어 어떤 학부모는 '우리 아들이 학교에 가서 밥을 안 먹는다'고 교장선생님께 직접 전화를 해서 싫은 소리를 했대."

"진짜 무슨 나쁜 거래가 있나? 그렇지 않고서야 왜 이렇게까지 엉망이 되냐고."

애들은 혹시 선생님이 가까이 오시나 살피면서 속닥거렸다.

"그래도 오늘은 조금 괜찮네. 그나저나 시금치는 왜 아몬드와 섞였는지 모르겠네. 정말 미치겠다. 시금치와 아몬드라니."

혜나가 시금치에서 아몬드를 골라내며 투덜거렸다.

"나는 좋은데 왜?"

나도 시금치와 아몬드가 함께 섞인 아몬드시금치무침이 싫었지만 일부러 좋은 척했다. 씹힐 때 느낌이 아주 달라서 껄끄러웠지만 일부러 맛있게 먹는 척했다. 억지로 먹다 보니 오랜만에 하나도 남기지 않고 다 먹었다. 그러나 '식판 청소기'로 불리던 예전과 같은 깨끗함에 이르지는 못했다.

다른 애들이 선생님을 입에 올리며 나쁜 이야기를 해도 나는 하지 않았다. 먹을거리가 마음에 들지는 않았지만 선생님을 싫어할 수는 없었다. 선생님과 나는 나름 가깝다면 가까운 사이기 때문이다. 다만 학교 식당에 무언가 밝힐 수 없는 일이 있으리라 믿었다. 조금 지나면 나아지리라 믿고 기다리려고 했다. 그러다 처음으로 생각이 바뀐 일이 일어났다.

그날 저녁이었다. 저녁을 먹기 위해 기다리는데 '삐이익~~!' 소리가 날카롭게 울렸다. 고개를 내밀어 보니 단말기에 '미신청'이란 글씨가 보였다. 단말기 앞에 선 애는 소율이었다. 소율이는 나와 가깝지는 않지만 그렇다고 먼 사이도 아니다. 소율이가 서너 번 학생증을 댔지만 그때마다 '미신청'이 떴다.

"오늘부터 저녁 먹겠다고 담임선생님께 말씀드렸는데⋯⋯."

"학생증에 붙은 바코드가 잘못되지 않았을까?"

소율이 뒤에 있던 아름이가 학생증을 살피며 말했다.

"뭘, 점심때랑 똑같은데⋯⋯."

아름이와 소율이가 학생증을 살피느라 들어가지 않는 바람에 뒤에서 시끄러운 말들이 나왔다. 아름이가 눈을 치켜뜨며 힐끗 뒤를 봤다. 다들 아름이가 어떤 애인지 아는지라 얼굴을 보고는 시끄러운 소리가 쏙 들어갔다. 마침 학생주임 선생님도 안 계셨다.

"야, 그냥 들어가. 오늘 학생주임 선생님도 안 계신데."

"그럴까?"

소율이가 학생증을 갈무리하며 그냥 들어가려고 할 때였다.

"너 뭐하니?"

그때 영양사 선생님이 나타나셨다.

"선생님, 제가 저녁을 먹겠다고 담임선생님께 신청했는데 자꾸 '미신청'이 떠요."

소율이는 고분고분하게 말했다.

"줘 봐."

영양사 선생님은 학생증을 받아들더니 단말기에 댔다. 그러나 똑같았다. 여러 번 했지만 그때마다 '삐이익~~!' 소리와 함께 '미신청'이란 글씨가 떴다.

"너 담임선생님께 저녁밥 먹겠다고 했어, 안 했어? 미신청이면 안 했네."

"아뇨, 저 했어요."

"미신청이라고 뜨잖아."

"했는데……."

"미신청이니까…… 돌아가."

선생님은 딱 잘라 말했다.

"뒤에 애들 밥 먹어야 되니까 비켜 줘."

소율이가 옆으로 비켜섰다. 뭔가 말을 하려던 아름이는 입술을 지그시 깨물더니 그냥 들어갔다.

"저 했다니까요."

"그건 담임선생님께 확인해 봐. 단말기에 안 뜨면 안 했어."

윤지와 혜나가 들어갔다.

"야자 해야 하는데…… 오늘만 들어가면 안 돼요?"

"안 돼."

다미가 들어갔다.

"안 먹는 애들도 많은데……."

"너 왜 그래? 왜 그렇게 싸가지가 없니?"

내가 학생증을 댄 뒤 막 들어가려는데 영양사 선생님이 버럭 소리를 질렀다.

"돌아가! 밥을 먹으려면 먹겠다고 담임선생님께 말씀을 드렸어야지. 막무가내로 이러면 되니? 단말기는 너희처럼 거짓말을 안 해. 혹시 너, 나 속이려고 거짓말하니?"

'거짓말이라니, 설마 밥 한 끼 먹겠다고 거짓말을 할까? 몰래 먹으려면 학생주임 선생님 안 계실 때 스리슬쩍 들어갔겠지.'

옆에서 지켜보던 나도 거짓말이란 말이 거슬렸는데 소율이는 오죽했을까? 치밀어 오르는 노여움을 억누르는지 얼굴이 일그러졌다. 무언가 대꾸하려다 말고 소율이는 확 몸을 돌렸다. 학생증을 쥔 오른손이 부들부들 떨렸다. 저러다 학생증을 부서버리지 않을까 걱정될 만큼 손에 힘이 들어가 보였다. 식당을 뒤로 하고 걸어가는 소율이가 안쓰러우면서도, 선생님께 부아가 치밀었다. 조금 부드럽게 말씀하시면 안 될까? 어차피 먹겠다고 돈까지 내놓고 안 먹는 애들도 많은데 먹겠다는 애를 굳이 돌려보내야 할까? 거기다 애를 거짓말쟁이로 몰아붙이기까지 하면서.

"뭘 보니. 밥 안 먹어?"

영양사 선생님이 우리들에게 큰소리를 쳤고, 우린 입 다물고 식당으로 들어갔다. 저녁을 먹는 내내, 노여워하던 영양사 선생님과 부들부들 떨던 소율이가 겹쳐서 떠올랐다. 그때 처음으로 영양사 선생님이 참 나쁘다는 생각이 들었다. 물꼬는 한 번 트기 어렵지 한 번 물꼬가 열리고 나면 물은 거침없이 쏟아진다. 안 좋게 보는 생각이 한번 깃들자 나쁜 생각, 거북한 느낌이 걷잡을 수 없이 밀려들었다. 갑자기 식판에 놓인 먹을거리가 모조리 거슬렸다. 그나마 그러려니 했던 먹을거리도 더는 먹기 힘들었다.

그 뒤 일주일은 식당이 끔찍했다. 열무비빔밥이 나왔는데 열무가 거의 보이지 않았다.

"야, 열무가 다섯 가닥이다."

다미가 열무를 하나씩 세더니 말했다.

"난 네 가닥이야. 에효!"

좀처럼 싫은 말 안 하는 윤지도 투덜거렸다.

"넷, 다섯이라~ 많네. 부럽다. 난 세 가닥."

혜나가 열무 가닥 세 개를 비빔 그릇 곁에 걸쳐 놓았다.

"셋밖에 없는 열무를 어떻게 먹겠어. 도저히 안타까워 못 먹겠으니 너희들은 그대로 있으렴."

혜나는 젓가락으로 열무 세 가닥을 토닥거리더니 오이채만으로 밥을 비볐다. 내 비빔밥엔 열무가 여섯 가닥이었다. 그나마 여섯 가닥이 우리들 가운데 가장 많았다. 비벼 먹으라고 나온 고추장은 비빔밥엔 어울리지 않은 신맛이 센 초고추장이었다. 고추장이라도 맛있으면 비벼서 먹을 텐데 신맛 나는 초고추장으로 비벼 먹으려니 힘들었다.

그래도 비빔밥은 저녁에 나온 샐러드에 견주면 괜찮았다. 오이, 양상추, 사과를 넣고 식초와 올리브유를 버무려 만든 샐러드였는데 입에 넣고는 미쳐버리는 줄 알았다. 닭날개튀김과 견줄 만큼 끔찍한 맛이었다. 이불 빨래마냥 늘어진 양상추에 싱싱함이라곤 찾아보기 힘든 오이, 거기에 시큼한 식초에 질펀한 올리브유가 만들어낸 맛은 복불복 게임에 나온 끔찍한 먹을거리처럼 보였다. 무엇보다 내 잘못이긴 하지만 된장국이 샐러드로 넘치는 바람에 더 끔찍한 맛이 되었다. 씹기도 싫었다. 아니 보기도 싫었다.

다음 날은 특식이었는데 완자에 파인애플스테이크가 나왔다. 완자에 파인애플스테이크니까 괜찮겠거니 했지만 또다시 엉망이었다. 완자를 두 개 먹을 때까지는 괜찮았는데 세 개쯤 먹으니 기름을 먹는 기분이 들었다. 기름이 너무 많았다. 그래도 완자는 파인애플스테이크에 견주면 나았다. 스테이크 위에 파인애플을 얹었는데 파인애플 즙이 스테이크에 흥건하게 묻어서 스테이크 맛을 망쳤다. 더구나 스테이크에도 기름이 많아서 느끼했고, 고기도 그리 좋지 않았다.

그날 저녁때 나온 감자볶음에도 기름이 둥둥 떠다녔다. 감자볶음과 같이 나온 순대도 볶아서 나왔는데 순대가 그렇게 맛없기는 처음이었다.

"아닐까 했는데……."

순대를 뒤적거리는데 다미가 조용하지만 귀를 쫑긋하게 만드는 말투로 입을 열었다.

"너희들 혹시 알아? 우리 학교 땅에서 기름을 찾아냈대."

"기름?"

"사우디아라비아 같은 나라에서 나는 기름 말이야?"

다들 무슨 말인지 몰라 되물었다.

"몰랐어? 우리 학교에서 기름이 나오니까 이렇게 때를 거르지 않고 모조리 튀긴 먹을거리만 나오지. 튀김에 쓰는 기름 봐. 엄청나게 많이 쓰잖아."

그러면서 다미는 기름이 뚝뚝 떨어지는 완자를 들어올렸다.

"이 기름 봐. 이렇게 모든 완자에 기름기를 두르려면 얼마나 많은 기름이 있어야겠어? 틀림없이 땅속에서 기름을 찾아냈어. 그렇지 않으면 이렇게 기름을 마구잡이로 쓸 리가 없다고."

다미는 우스갯소리로 한 말이지만 우린 모두 그럴싸하다고 느꼈다. 기름을 캐내지 않았다면 이렇게나 많은 기름을, 모든 반찬에 쏟아 부을 리 없었다.

다음 날 점심에 나온 유자떡갈비도 먹기 괴로웠다. 겉모습은 떡갈비인데 떡갈비 맛은 안 나고 유자 맛만 났다. 물론 여전히 기름이 흥건했다. 저녁엔 피자만두가 나온다기에 잔뜩 부푼 가슴을 안

고 갔다. 그러나 식판에 놓인 피자만두는 나를 한 번 더 무너뜨렸다. 피자만두라고 해서 피자를 속에 품은 만두를 떠올렸는데, 식판에 놓인 피자만두는 그냥 만두에 치즈와 토마토소스를 부은 모습이었다. 어떻게 이렇게 만든 먹을거리에 피자만두란 이름을 붙인단 말인가? 진짜 피자만두가 알면 잘못된 이름을 바꾸라고 재판을 걸지도 모른다.

금요일 점심은 웬일로 괜찮았다. 특식은 아니었지만 그런대로 먹을 만했다. 발아현미밥에 소고기무국, 닭채소구이에 잡채, 그리고 김치였다. 오랜만에 즐겁게 밥을 먹었다.

"야, 이렇게 만들 줄 알면서 도대체 그동안 왜 그랬대?"

"설마 우리가 마루타?"

다미가 말했다.

"마루타라니?"

"마루를 탄다고?"

뜬금없이 혜나가 우스갯소리를 했다. 하나도 안 웃겼다.

"일본군 731부대 마루타 있잖아. 혹시 영양사 선생님이 '너희들이 날 욕했겠다. 한번 당해 봐라!' 하고 생각했을지도 모르잖아."

우리는 모처럼 키득거리며 즐겁게 먹었다. 음식쓰레기통을 찾을 필요도 없었다. 심지어 혜나도 남기지 않았다. 다들 즐겁게 먹고 칫솔질을 하는데 오늘 괜찮게 나온 까닭이 밝혀졌다. 이번에도 학교 일이라면 쫙 꿰는 다미였다.

"내가 잠깐 알아봤는데 말이야. 세상에…… 오늘 괜찮았잖아."

"응. 오랜만에 정말 좋았어."

"좋게 나온 까닭이…… 알고 보니 오늘 학부모들이 급식 때문에 학교를 찾아와서래."

"뭐?"

"진짜?"

"그럼 제대로 만들면 괜찮다는 말이잖아."

너도 나도 여기저기서 투덜거림과 나쁜 말이 튀어나왔다.

그다음 주엔 또다시 먹기 힘든 먹을거리만 잔뜩 나왔다. 이번엔 계란과 된장국이 거듭 나왔다. 물론 기름은 꾸준하게 버무려 나왔다. 학생들 사이에선 서너 가지 소문이 떠돌았다.

먼저 학교 가게와 몰래 뒷거래를 한다는 소문과 학교 땅에서 기름을 찾아냈다는 소문이 떠돌았다. 나도 익히 잘 아는 소문이다. 다음으로 영양사 선생님네 집이 양계장을 하면서, 된장 공장도 한다는 소문이었다. 그렇지 않고는 한 끼 걸러 한 번씩 달걀이 나오고, 된장국이 일주일에 여섯 번이나 나올 수는 없다고 했다. 그럴싸하게 들렸다. 마지막은 음식쓰레기를 가져가는 회사와 영양사 선생님이 손을 잡았다는 소문이었다. 맛없게 만들면 음식쓰레기를 많이 남기게 되고, 음식쓰레기가 많이 남으면 음식쓰레기 회사가 돈을 많이 번다는 논리로 뒷받침된 소문이었다.

쉬는 시간에 뜻하지 않게 식당을 지나갔는데 과일 샐러드를 만드는 옆에 수북하게 쌓인 과일 껍질이 보였다. 샐러드에 들어가는 과일보다 과일 껍질이 더 많았다. 엄청난 음식쓰레기를 보니 음식쓰레기 회사와 손을 잡았다는 소문이 진짜일지도 모른다는 생각이 들었다.

안 좋은 일은 먹을거리에만 머물지 않았다. 식판과 수저도 마음에 들지 않았다. 가끔 국이 넘쳐서 반찬으로 넘어가면 반찬 맛과 국 맛이 뒤섞여 껄끄러웠는데, 그때마다 내 잘못이라고 탓하고 말았다. 그런데 조금 더 생각해 보니 도대체 왜 국그릇을 쓰지 않는지 모르겠다. 식판은 아무리 깊어도 국을 제대로 담기 어렵다. 국은 국그릇에 담아야 한다. 그게 얼마나 비싸다고 국그릇을 사서 쓰지 않을까? 혹시 설거지하기가 싫어서일까? 설거지가 귀찮다고 학생들이 국과 반찬이 뒤섞인 음식을 먹게 하다니, 있어선 안 되는 일이다. 식판에 국그릇은 반드시 있어야 한다.

국그릇뿐 아니다.

"뭐야? 왜 이렇게 까끌까끌 하지?"

예민한 혜나가 수저를 손으로 만지더니, 자세히 살폈다.

"지나치게 거친데……."

혜나가 말할 때까지는 나도 몰랐는데 혜나 말을 듣고 다시 만져 보니 숟가락이 무척 거칠었다. 다섯 명 모두 손에 든 숟가락을 살폈다. 모두 똑같았다.

"내가 보기엔……."

윤지였다.

"그릇을 깨끗하게 하려고 약품으로 종종 그릇이나 수저를 씻는 다는데, 약품이 아주 셀 경우 약품이 금속 겉을 약하게 만들기도 해. 소독할 때 지나치게 센 약품을 썼나 봐."

윤지가 차근차근 설명을 해 주어 숟가락이 엉망이 된 까닭을 알 았고 먹어도 괜찮다는 생각이 들었다. 그렇지만 껄끄러운 수저로 밥을 먹고 싶지는 않았다.

"약품을 세게 쓴 수저라…… 이걸로 어떻게 먹어? 아이 정말!"

한참 걱정을 하는데 다미가 벌떡 일어나더니 숟가락 다섯 개를 모두 거뒀다. 그리고 숟가락 다섯 개를 통에 버리고는 새롭게 숟 가락 다섯 개를 들고 왔다.

"수저가 다들 비슷해. 그나마 괜찮은 수저로만 골라왔어."

우린 다미가 골라온 수저를 살폈다. 조금 낫기는 했지만 여전히 마음에 안 들었다. 어쩔 수 없이 수저를 쓰지 않고, 젓가락으로만 먹었다. 밥과 반찬이야 수저가 없어도 먹지만 국은 먹기 힘들었 다. 하는 수 없이 국은 강아지처럼 입을 대고 후루룩 마셨다.

"개밥을 개처럼 먹는군."

혜나의 우스개에 키득거리며 웃으면서도 서글펐다.

어느 날은 심지어 밥도 맛이 없었다. 밥이 맛이 없어서 씹기 꺼려졌다. 편의점에서 파는 밥보다 못했다.

칫솔질을 하다 말고 아름이가 거울을 보며 내게 말했다.

"야, 지민아? 내 볼 봐? 핼쑥하지?"

나도 얼굴을 함께 거울에 비추며 말했다.

"그러게. 너나 나나 얼굴이 말이 아니다."

물론 내 살이 빠지진 않았다. 학교에서 제대로 못 먹다 보니 집에 가서 더 많이 챙겨먹는다. 야자 끝나고 집에 가서 제대로 된 밥을 먹는다. 그러다 보니 몸무게는 더 늘었다. 얼굴만 핼쑥해 보일 뿐이다. 나는 아름이 몰래 내 뱃살을 만졌다. 뭘 먹지도 않았는데 입안에 쓴 맛이 돌았다.

05 굶는 아이들에게 밥 먹이자는 꿈

은아와 나는 서로 모른 척했다. 은아는 꿋꿋하게 혼자 지냈다. 식당에서도 한결같이 '나는 혼자'라고 소문을 내며 밥을 먹었다. 얼굴빛은 하나도 바뀌지 않았다. 처음엔 많이 눈치가 보였지만 늘 보니 그러려니 하게 됐다.

우리 반에서 홀로 지내는 애는 은아뿐이었는데 식당이 엉망이 되는 때에 맞춰 은아와 비슷한 애가 한 명 더 생겼다. 은아가 처음부터 홀로 지냈다면 경주는 처음에는 이러저런 애들과 어울려 다니다 차츰 혼자가 되었다. 경주가 외롭게 지내는 줄은 알았지만 은아 때문에 겪지 않아도 되는 어려움을 겪었기 때문에 경주한테는 굳이 마음을 쓰고 싶지 않았다.

그러다 마음을 쓸 수밖에 없는 일이 벌어졌다. 경주가 내 짝꿍이 되었기 때문이다. 나는 윤지와 짝꿍이고, 단짝이었다. 윤지는 내 공부에도 많은 도움이 되었다. 내가 물어보면 아무리 바빠도 상냥하게 알려주었다. 윤지 때문에 점수도 많이 올랐다. 6월이 되자 담임선생님이 자리를 바꿔버리는 바람에 윤지와 떨어졌다. 윤지와 떨어진 뒤 내 옆자리에 앉은 애가 경주다.

짝꿍이 되다 보니 아무래도 마음이 쓰였다. 그럼에도 애써 도움을 주려고 하지는 않았다. 경주는 중국에서 오래 살아서 중국어를 잘한다. 중국어를 잘한다고 자주 자랑했다. 윤지도 모르는 어려운 한자를 많이 알고 있어 깜짝 놀랄 때도 있지만, 다른 공부는 아주 바닥이다. 못할 때는 몰라도 된다는 식으로 말하다가, 잘 아는 대목이 나오면 엄청 잘난 척했다. 왜 경주가 다른 애들과 어울리지 못하는지 알 만했다.

짝꿍이 된 지 일주일이 되던 날, 둘째 수업 종이 울릴 때 경주가 뜬금없이 내게 이런 말을 했다.

"오늘 같이 밥 먹으러 가도 돼?"

꾸밈없는 낯빛이었다. 모른 척하기 힘들었다. 내가 머뭇거리는 사이에 선생님이 들어오셨다. 나는 수업 내내 어떻게 할지 몰라 마음이 괴로웠다.

수업이 끝나자마자 나는 윤지에게 넌지시 경주 얘기를 건넸다.

"걔가 안됐긴 하지만 조금 그런데……."

윤지가 이렇다면 다른 애들에겐 물으나 마나였다.

나는 어두운 낯빛으로 다시 자리로 돌아왔다. 내 얼굴빛을 살피던 경주가 말했다.

"괜찮아. 그냥 해 본 소리야."

그렇게 말하니 더 마음이 쓰였다. 큰 잘못을 저지른 느낌이었다.

점심시간이 되면 밥이 맛이 있든 없든 우리는 잽싸게 앞자리에 서기 위해 달려 나갔다. 교실 문을 열다 말고 뒤를 돌아보니 꼼짝 않고 있는 경주가 보였다. 나는 뛰어가는 애들 뒤통수를 한 번 보고는 다시 교실로 들어갔다.

"밥 안 먹니?"

경주는 아무 말도 안 했다.

"굶지 말고 꼭 먹어. 강아지가 먹기에 딱 좋지만 그래도 가끔 사람이 먹을 만한 먹을거리도 나오니까."

내 딴에는 우스갯소리를 한다고 던진 말인데 경주는 웃지 않았다.

"내 걱정 말고 먹어. 나도 배는 고파."

"그래!"

나는 경주 등을 한 번 토닥이고는 얼른 친구들을 따라갔다.

"야, 뭐하다 이제 왔어. 너 기다리다 늦었잖아. 아, 오늘도 눈뜨고 보기 힘든 저 꼬락서니를 봐야 하다니……."

거울 앞에서 남자 애 몇몇이 멋진 척하는 모습이 보였다. 나는 피식 웃으며 말했다.

"귀엽잖아."

혜나가 내 이마를 만졌다.

"뜨겁지는 않은데."

손을 떼더니 나를 야려 보며 내 귀를 만졌다.

"귀는 여기 있는데 귀여워는 없네."

아름이와 다미는 배꼽잡고 웃었고, 윤지는 입을 살짝 가리며 웃었다.

"너, 혹시, 저 또라이들 가운데 마음에 드는 애가 ……."

"헉! 미쳤냐? 차라리 내가 점심을 굶고 말지. 그런 일은 없어."

"굶는다고? 흠, 그럼 아니겠네. 너는 곧 죽어도 굶지는 않을 테니."

이렇게 노닥거리다 점심을 먹으러 들어갔다. 밥을 부지런히 먹다가 문득 경주 생각이 났다. 고개를 돌려 식당을 살폈다. 멀리 은아가 보였다. 은아 빼고는 다들 서로 어울리며 밥을 먹었다. 아무리 찾아봐도 경주는 보이지 않았다.

교실에 와 봤지만 경주는 없었다. 오후 첫 수업 종소리에 맞춰 경주가 들어왔다. 나는 궁금했지만 꾹 참았다가 수업이 끝나자마자 경주에게 말소리를 낮춰 물었다.

"밥 먹었어?"

"응."

믿기지 않았다.

"국은 뭐였어?"

오늘 국은 미리 알려진 차림표와 달랐다. 그러니 와서 먹지 않았다면 알 수가 없었다. 경주는 잠시 머뭇거리더니 조심스럽게 말했다.

"맛있는 국을 먹었어."

"맛있는 국? 뭔데?"

내가 여러 번 캐물었지만 경주는 입을 꾹 다문 채 가만히 있다가 가방에서 이것저것 마구 꺼냈다. 더는 물어보지 않았다.

경주는 야자를 하지 않았다. 야자를 안 하니 밥 먹는 모습을 확인하려면 다음 날까지 기다려야 했다. 그다음 날도 식당에서 경주를 찾지 못했다. 뭐 먹었냐고 물었지만 어제와 마찬가지로 경주는 입을 다물었다. 경주는 칠판에 적힌 급식 차림표에 눈길도 주지 않았다.

은아는 꿋꿋하게 먹기라도 했지만 경주는 아예 식당으로 오지도 않았다. 점심시간에 학교 가게에 들러서 이것저것 사 먹고 끝이었다. 저렇게 먹고 어떻게 살까 싶었지만 경주는 아랑곳하지 않았다. 야자를 안 하는 까닭도 알고 보니 저녁밥을 학교 식당에서 혼자 먹고 싶지 않기 때문이었다.

"내가 같이 먹어줄까?"

"아니 됐어. 넌 같이 먹는 애들 있잖아."

"걔네들과 함께 먹지는 못해도…… 일주일에 한 번은 너랑 먹을 수 있어."

"마음 써 줘서 고맙지만 나는 밥 동냥하는 거지가 아니야."

경주는 낯빛을 붉히면서 말했다.

'동냥하는 거지'란 말에 불쑥 짜증이 치밀었지만, 참 안 됐다는 생각이 들면서 짜증이 가라앉았다.

"알았어. 더는 말 안 할게. 마음 다치게 할 뜻은 없었어."

"괜찮아. 난 괜찮으니까 그냥 내버려 둬."

경주는 책을 뚫어지게 봤다. 공부를 하는 얼굴은 아니었다. 무언가 꾹 참는 낌새였다. 괜찮다고 말하지만 결코 괜찮아 보이지 않았다.

그다음 날 점심을 먹으러 갈 때 나는 경주 어깨를 두드려주고 나갔다. 나와 눈빛이 마주쳤다. 내가 어떤 뜻으로 두드렸는지 경주는 알아차린 듯했다. 점심 먹으러 오면 날 찾으라는 뜻이었다. 은아 일이 떠올랐지만 애써 지웠다.

내가 오지랖 넓게 마음을 쓰나 싶기도 했지만, 내 꿈이 '굶는 아이들에게 밥 먹이는 일을 하자'인데, 바로 옆에서 밥도 못 먹는 친구를 그대로 두고 볼 수가 없었다. 양심이 나를 그냥 내버려두지 않았다.

밥을 반쯤 먹었는데 경주가 왔다. 경주는 두리번거리더니 나를 찾아내고는 내 자리 옆으로 왔다. 마침 내 앞은 빈자리였다. 그러나 경주는 내 앞에 앉지는 않았다. 내 앞 바로 옆자리에 앉았다. 경주 오른쪽 자리도 마침 아무도 없었다. 경주 오른쪽 앞자리도 없었다. 아무튼 경주는 우리와 함께 앉은 듯 앉지 않은 그런 자리에 앉았다.

나는 여러 번 경주와 눈길을 주고받았다. 경주는 알 듯 모를 듯 살짝 웃었다. 아름이는 그런 경주를 노려봤다. 눈매가 매서웠다. 처음에는 아름이가 노려보는지 몰랐던 경주도 나중에는 그 매서운 눈빛을 알아차리는 듯했다. 열심히 움직이던 숟가락과 젓가락이 점차 느려지더니 먹는 둥 마는 둥 했다.

내가 일어나기도 전에 경주는 일어섰다. 몇 술 뜨지도 않았다. 혜나도 반은 먹는데……. 교실로 돌아가서 경주 어깨를 조심스럽게 어루만졌다. 경주 눈에서 눈물 한 방울이 떨어졌다. 경주는 눈물을 얼른 훔치더니 고개를 처박았다. 나는 아무 말도 못했다. 괜히 마음만 더 아프게 하지 않았나 싶었다.

수업이 끝나자마자 경주는 사라졌다.

'으이고, 밀어붙일 힘도 없는데 왜 같이 밥을 먹자고 했어. 미치

겠군. 김지민!'

저녁때 나는 여전히 내 친구들과 함께 밥을 먹었다. 어쩌다 보니 가장 앉기 싫은 자리에 앉고 말았다. 바로 영양사 선생님이 떡하니 서서 식당 곳곳을 훑어보는 곳 옆자리였다. 옛날 같았으면 아랑곳하지 않았을 자리였다. 나는 언제나 맛있게 다 먹으니까. 그렇지만 맛없는 반찬을 투덜거리며 먹는 일이 많은데, 이럴 때 영양사 선생님 바로 옆에서 저녁을 먹는 일은 괴롭기 그지없었다.

우리는 입을 꾹 다물고 먹었다. 아주 맛있게 먹는 척하려고 애썼다. 밥을 거의 다 먹어갈 때쯤이었다. 나와 조금 떨어진 곳에 있던 선아가 식판에 많은 먹을거리를 남긴 채 일어났다. 선아는 나와 꽤나 가깝다. 함께 밥을 먹지는 않지만 스스럼없이 어울려 지내는 사이다. 1학년 임원인 선아는 됨됨이가 매우 힘차고 시원하다. 다만 비위가 약하다.

남긴 먹을거리를 버리려면 한곳에 모아야 한다. 모으지 않고 버리면 음식쓰레기통 밖으로 튕겨져 나오는 찌꺼기가 많기 때문이다. 그러나 선아는 비위가 약하기 때문에 남은 먹을거리를 한 데 모으지 못했다. 모으면 그 지저분함 때문에 토가 나온다고 한다. 그래서 식판을 되돌려 놓을 때 친구들이 도와준다.

그날은 선아가 급한 일이 있어서 빨리 일어나는 바람에 친구들이 돕지 못했다. 다른 애들은 밥을 다 먹지도 않았는데 선아가 일어서더니 빠른 걸음으로 가더니 잽싸게 식판을 음식쓰레기통으로 엎었다. 눈은 옆으로 돌린 채였다. 징그러운 음식쓰레기통을 쳐다보지 못하는 선아가 안쓰러웠다. 그 모습을 영양사 선생님은 놓치지 않았다. 선아는 식판을 올려놓더니 잽싸게 식당 밖으로 걸어 나갔다. 영양사 선생님이 선아를 불렀다. 선아는 그 말을 못 들은 듯 보였다. 선아는 뭔가에 빠져들면 다른 사람이 무슨 말을 해도 듣지 못한다. 선아는 식당 벽에 걸린 시계를 보더니 더 빠른 걸음으로 나갔다. 영양사 선생님은 선아를 쫓아 나갔다. 무슨 일이 터질 듯했다. 나는 옆에 앉은 다미에게 내 식판을 맡기고는 쫓아 나갔다.

식당을 나와 복도를 뛰어가는데 야단치는 소리가 들렸다. 2층으로 올라가는 계단 쪽이었다. 선아는 셋째 계단에 서고, 영양사 선생님은 둘째 계단에 서 계셨다. 손목을 붙잡힌 선아는 손을 빼내려 애썼지만 선생님은 놓아주지 않았다.

"아무리 그렇더라도 남기면 한곳에 모아야지."

"선생님, 제가 정말 비위가 약해요."

선아는 애절한 목소리였다.

"한곳에 모으지도 못한단 말이야? 그게 말이 돼?"

"진짜예요."

"거짓말 그만해!"

영양사 선생님은 더욱 차가워졌다.

"무엇보다 너, 내가 불렀는데 왜 모른 척하고 도망가?"

"못 들었어요."

"못 들어? 그렇게 크게 부르는데 못 들어? 애 좀 봐, 아주 거짓말이 입에 붙었네."

선아는 한곳에 마음을 쏟으면 아무 소리도 못 듣는다. 책을 볼 때도, 글을 쓸 때도, 그림을 그릴 때도, 심지어 먹을 때도 잘 못 듣는다. 그래서 종종 선아를 잘 모르는 애들은 아주 못된 애로 여기기도 한다. 물론 아는 애들은 선아가 참 좋은 애인 줄 안다. 선아를 잘 모르는 선생님으로서는 잘못 받아들이고 짜증이 날만 했다.

"너 내 말 안 들려? 내 소리 잘 들잖아. 듣기에 아무 문제없어 보이는데, 아까는 못 들었다고? 그럴 듯한 거짓말을 해라."

선아는 졸지에 거짓말쟁이로 몰렸다.

"학생회 모임에 앞서서 이것저것 할 일이 있어서 빠르게 나가려다 보니 그렇게 됐어요. 제가 한 군데 마음을 쏟으면 정말 하나도 못 들어요."

내가 늘 봐왔던 모습이기도 하다. 그러나 영양사 선생님은 믿지 않았다.

"바르게 말하면 봐주려고 했는데……."

선아가 아무리 애끓게 하소연을 해도 끝내 받아들이지 않았다.

"너 안 되겠다. 따라와."

영양사 선생님은 선아를 힘으로 끌었다. 끌려가는 선아와 짧게 눈이 스쳤다.

'내가 나서서 말씀드릴까?'

나는 나설까 말까 망설이며 선아를 따라갔다.

영양사 선생님은 선아를 교무실로 데려간 뒤 담임선생님 앞에 세웠다. 교무실 문이 닫혔지만 소리는 밖에서도 다 들렸다. 선생님은 선아가 한 잘못을 하나씩 늘어놓으셨다. 선아는 비위가 약하고 학생회 때문에 선생님이 부르는 소리를 제대로 못 들었다고 말했지만 담임선생님도 선아가 한 말을 믿지 않고 핑계로 받아들였다.

"이쯤 됐으면 잘못했다고 빌어야지? 이만큼 됐는데도 핑계를 대니?"

담임선생님은 같은 반 학생인 선아를 감싸기는커녕 야단만 치셨다. 선아는 손을 들어 눈물을 자꾸 훔쳤다. 어깨가 흔들렸다.

"뭘 잘했다고 우니?"

영양사 선생님이 야멸차 보였다.

"제가 이 애 때문에 마음에 생채기가 생겼어요."

영양사 선생님이 가슴을 치며 담임선생님에게 말했다.

나는 교무실 문고리를 잡고 열까 말까 망설였다. 선아를 도와줄까 말까, 마음 안에서 천사와 악마가 다툼을 벌였다. 그러는 사이에 선아는 책상에 앉아 반성문을 썼고, 영양사 선생님은 손으로 부채질을 해서 얼굴을 식히는 시늉을 하더니 선아가 쓴 반성문을 들고는 교무실 밖으로 나왔다.

나는 잽싸게 자리를 옮겼다. 잠시 뒤 선아가 퉁퉁 부은 얼굴로 나왔다. 나는 따뜻한 말이라도 건네주려다 말았다. 힘을 주고 싶기는 했지만, 모든 일이 다 끝난 뒤에 나서는 짓은 내 비겁함을 숨기는 또 다른 비겁한 짓이기 때문이다. 못된 나를 가리기 위해 거짓으로 착한 척하기는 싫었다. 내 마지막 양심이었다.

경주가 겪는 외로움에 가슴 아프지만 어떻게 해 주지 못하는 나, 야단맞는 선아를 위해 그 어떤 몸짓을 보여 주지 못하는 나, 이런 내가 정말 싫다. 영양사 선생님도 싫다. 아니 이제 영양사 선생님은 내게도 빵순이다. 학교 식당을 엉망으로 만들고, 아무 때 아무에게나 성깔을 부리는 빵순이가 정말 밉다.

06 때로는 나도 먹기 싫다

　나는 남이 싫어할 만한 말을 거의 못한다. 웬만하면 다툼을 일으키지 않는다. 심지어 괄괄한 남동생 준호하고도 다툼 한 번 일으키지 않았다. 그런 나를 어른들은 참 착하다고 추어올린다. 나는 어른들이 추어올리는 말이 듣기 좋았고, 다투지 않는 내 됨됨이가 마음에 들었다. 그렇지만 요즘 이런저런 일을 겪다 보니 내 됨됨이가 정말 싫어졌다. 은아를 심하게 쏘아붙이는 아름이에게 부아가 치밀었는데도 엉뚱한 말을 하고, 외로운 경주를 위해 '일주일에 한 번쯤 같이 밥을 먹어 주자'는 말도 친구들에게 못하고, 선아를 잘못 알고 야단치는 빵순이 앞에서 한마디 말도 해 주지 못하고, 나서지는 못하는데 양심은 찔려서 괴로워하고……. 도대체 내가 뭐하는 짓인가?

중학교 때 거머리처럼 나를 따라다닌 수희에게도 싫은 소리 한 마디 못했다. 싫다는 말을 하면 마치 두드러기라도 날 듯해서 싫은 말을 꺼내기 힘들었다. 그만 좀 하라고, 내가 너에게 잘해 주고 싶다가도 이렇게 거머리처럼 달라붙으면 네가 정말 싫어진다고, 나도 내 삶이 있다고, 헤아릴 수 없이 많이 말하고 싶었지만 마지막까지 하지 못했다. 그나마 일이 잘 풀려 떨어졌기 망정이지 만약 수희가 나와 줄곧 붙어 다녔다면 내 삶이 어떻게 되었을지는 떠올리기만 해도 오싹한 소름이 돋는다.

무엇보다 떠올리기 싫은 옛일은 중학교 3학년 때 사귀었던 남자애와 겪은 괴로움이다. 떠올리기만 해도 온몸이 부르르 떨릴 만큼 넌더리가 난다. 은아, 경주, 선아, 아름, 빵순이 얼굴 위로 자꾸 그때 그 넌더리나는 남자애가 겹쳐 떠오른다. 다시는 떠올리기 싫었는데, 지우개로 박박 지워 쓰레기통에 처박아서 불태워 버렸던 옛일인데, 된장국에 두부가 떠오르듯 뚜렷하게 되살아났다.

* * *

처음 찬규에게 사랑한다는 말을 듣는데 가슴이 하도 뛰어서 갈비뼈가 부서지는 줄 알았다. 밝은 웃음과 더불어 날아온 '나 너 사랑해♥. 나와 사귀자~!'는 말은 통닭 앞에 무너지는 다이어트처럼 나를 와르르 무너뜨렸다. 남자에게서 '사랑한다'는 말을 그때 처음으로 듣지는 않았다. 초등학교 때 두 번 들었는데, 한 번은 사귀기까지 했다. 물론 기껏 32일밖에 만나지 않고 헤어졌지만 말이다.

처음엔 좋기만 했다. 달달한 슈크림 빵에 달콤한 꿀을 탄 레모네이드를 곁들여 먹고, 새콤달콤한 아이스크림까지 이어서 먹을 때 느끼는 흐뭇함이었다. 잠들기 앞서 둘이 주고받은 카톡에는 사랑이 가득한 낱말과 예쁜 그림이 넘쳐났다. 목소리를 나누면 기쁨은 수십 배로 불어났고 저절로 웃음이 터져 나왔다. 옆방에 있던 동생이 벽을 두드리며 '잠 좀 자게 조용히 하라'고 소리를 질러도 웃음만 나왔다.

사귄지 22일이 되든, 50일이 되든 나는 무덤덤했다. 10대라면 챙기는 이런저런 날도 챙기지 않았고, 챙겨 주지 않는다고 섭섭하지도 않았다. 그렇지만 찬규는 달랐다. 찬규는 나를 참 잘 챙겼다. 22일이 되니 초콜릿 22개를 예쁘게 싸서 내 손에 들려주었다. 찬규가 손으로 만든 초콜릿이었다.

"어머, 어쩜, 이렇게 예뻐! 어떡해. 난 빈손인데……."

"괜찮아. 이렇게 내 옆에 있어 주기만 해도 고마운데 뭘."

이런 말은 드라마에서 잘생긴 남자 주인공이 예쁜 여자 주인공에게만 하는 줄 알았는데, 내가 이런 말을 들으니 온몸이 짜릿짜

릿했다. 소고기 안심에 평양냉면을 먹고, 식혜와 아이스크림을 먹은 뒤 느끼는 기쁨보다 기쁨이 두 배는 되었다. 다른 누가 이런 말을 했다고 하면 오글거렸을 텐데 내 귀로 들으니 오글거리기는커녕 달달하기만 했다.

50일 되는 날에는 선물을 받고 눈물이 날 뻔했다. 나와 사귄 뒤부터 날마다 쓴 편지를 한데 묶은 선물이었다. 나에게 사랑한다고 말한 그날부터 찬규는 나를 생각하며, 나에게 보내는 편지를 썼다. 그날 있었던 일, 나와 나눈 느낌과 말들을 꼼꼼히 적은 편지였다. 다 읽기까지 30분쯤 걸렸는데 흐르는 눈물을 참고 참으려다 마지막에 눈물 몇 방울을 떨구고 말았다. 나는 편지를 다 읽고 나서 나도 모르게 찬규에게 선물을 주었다. 뽀뽀 선물이었다. 태어나서 처음으로 아빠가 아닌 딴 남자에게 한 뽀뽀였다.

그날 우리는 두 손을 꼭 잡고 길을 걸었다. 그냥 걷기만 해도 좋았다. 말을 한마디도 하지 않아도 저절로 마음이 이어졌다. 남자와 사귀어도 되지만 남자에게 빠져서 성적이 떨어지면 안 된다는 엄마 잔소리마저 삼겹살이 익어가며 내는 먹음직한 소리로만 들렸다.

그렇게 처음 뽀뽀를 한 그 주 토요일, 아직도 그날이 또렷이 생각난다. 어찌 잊으랴, 그날을~! 50일에 받았던 기쁨을 조금이라도 갚고자 내가 영화를 보여 주겠다고 한 날이었다. 우리는 12시에 만나서 점심을 먹고 영화를 보기로 했다. 내가 보고 싶은 영화가 있었지만 꾹 참고 찬규가 좋아하는 영화를 보기로 했다. 영화표도 내 돈으로 샀다. 나는 30분 앞서서 나가 기다렸다. 20분쯤 기다리다 카톡을 보냈다. 대꾸가 없었다. 또 카톡을 보냈다. 대꾸가 없었다. 내가 보낸 카톡 옆에 붙은 노란 숫자 '1'도 사라지지 않았다. 스마트폰을 열어보지도 않았다는 뜻이다. 무슨 일이 있나 싶어 걱정을 하는데, 잠시 뒤 내가 보낸 카톡을 읽었는지 노란 숫자 '1'이 한꺼번에 사라졌다. 무슨 안 좋은 일이라도 난 줄 알고 걱정했던 나는 마음을 가라앉히고 다시 카톡을 보냈다.

'답이 없어서 걱정했어.'

내가 보낸 카톡 옆에 숫자는 사라지는데 아무런 대꾸가 없었다. 봤는데 대꾸가 없으니 더 조마조마했다.

'12시가 넘었는데……안 와?'

'어디야?'

마찬가지로 숫자만 사라지고 대꾸는 없었다.

틀림없이 내가 보낸 카톡을 받아놓고는 한마디도 대꾸를 하지 않았다. 뭔 일이 있나 싶어 걱정스러웠지만, 한편으로 점점 부아가 치밀었다.

'영화 보기 전에 밥 먹기로 했잖아.'

그때 찬규가 보낸 카톡이 왔다.

'혼자 먹어. 영화 시간에 맞춰 갈게.'

'어떻게 혼자 먹어.'

다시 대꾸가 없었다.

'같이 먹자.'

아무리 카톡을 보내도 꿀 먹은 벙어리였다.

영화를 보러 들어갈 시간이 20분밖에 남지 않았다. 무언가 먹어야겠다는 생각이 들었지만 혹시나 찬규가 올까 봐 참았다. 10분 남았다. 배가 고팠다. 빈속으로 영화를 볼 수는 없었다. 나는 얼른 가서 샌드위치를 사서 먹었다. 3분 남았다. 마지막 샌드위치 조각을 넣고 씹는데 찬규가 나타났다.

나는 왜 이렇게 늦었냐고 따지려는데 찬규가 먼저 짜증을 냈다.

"야, 게임 하는데 자꾸 카톡 보내면 어떻게 하냐? 눈치 좀 있어라. 너 때문에 져서 한 판 더하느라 늦었잖아."

방귀 뀐 놈이 먼저 성낸다더니 딱 그 꼴이었다.

"그리고 혼자 먹냐? 내 입은 입이 아니냐? 두 개를 샀어야지. 어휴, 정말."

어이가 없었다. 부아가 치밀었다. 쏘아붙이고 싶었다. 그러나 참았다. 싫은 소리를 내뱉기도 힘들었고, 싫은 소리 했다가 다투기라도 하면 어쩌나 걱정스러웠다.

'네가 약속을 어겼고, 네가 대꾸도 안 했고, 너 기다리다 점심도

못 먹었고, 기다리다가 어쩔 수 없이 샌드위치 하나 사 먹었을 뿐
인데, 나한테 짜증을 내? 네가 사람이냐?'

이렇게 따져야 맞았다. 그런데 꾹 눌렀다. 엊그저께 선물 받으
며 느낀 고마움을 떠올리며 참았다. 쏘아붙였을 때 벌어질 일들이
걱정되어 참았다. 남자들은 게임에 빠져들 때 시간 가는 줄도 모
르고, 누가 건드리기만 해도 싫어한다는 점을 떠올렸다. 괜히 내
가 잘못했다는 생각이 들었다. 그래서 내가 잘못했다고 말했다.
찬규는 내 사과를 받는 둥 마는 둥 하더니 배를 문질렀다.

"배고프네. 오늘은 네가 쏘기로 했지?"

나는 급하게 뛰어가서 샌드위치 두 개를 샀다. 영화 보면서 먹
을 뻥튀기도 가장 큰 크기로 샀다. 찬규는 영화를 보러 들어가는
잠깐 사이에도 내가 잘못했다고 잔소리를 했다. 나는 그때마다 잘
못했다고 생각하지도 않으면서 잘못했다고 말했다. 영화관에 들
어가서 샌드위치 두 개를 먹은 찬규는 배고프다며 뻥튀기도 제 몸
쪽에 놓고는 다 먹었다. 물도 빨대가 아니라 입을 대고 먹는 바람
에 나는 영화 보는 내내 물 한 모금 마시지도 못했다. 내가 보고
싶은 영화가 아니다 보니 영화도 재미없었다. 두 시간 내내 지루
하고 짜증나 미치는 줄 알았다. 그럼에도 나는 짜증나는 얼굴빛을
보이지 않으려 애썼고, 억지로 웃었다.

영화가 끝난 뒤 나는 스파게티와 피자를 먹고 싶었다. 스파게티

를 돌돌 말아 먹고, 쭉 늘어지는 피자 조각을 베어 물면 이 구질구질한 느낌이 사라질 듯했다. 그러나 찬규는 영화가 끝나자마자 가 버렸다.

"애들이랑 못다 한 게임 해야 돼. 너 때문에 게임 멈추고 오느라 온갖 싫은 소리 다 들었어."

어이가 없었다. 혹시 게임에 미치지 않았나 싶었지만 지나간 일을 떠올리니 게임을 좋아하지만 게임에 미치지는 않았다는 생각이 들었다. 그럼 대체 왜 저럴까?

'혹시, 나를 잡은 물고기라 여겨서?'

남자는 여자를 확실히 잡기까지 온 마음을 다하지만 꽉 잡았다고 믿으면 그때부터 함부로 한다는데, 찬규가 딱 그런 꼴이 아닌가 싶었다. 편지 받고 해준 뽀뽀를 물리고 싶었다.

찬규가 떠나고 나는 혼자 스파게티와 피자를 먹으러 갔다. 점심과 저녁 사이라 손님이 거의 없었다. 가게 부엌에서 가장 가까운 자리에 앉아 스파게티 한 그릇과 피자 두 조각을 맛있게 먹었다. 정말 맛있게 먹었다. 미친 듯이 먹었다. 찬규에게 앙갚음 하듯이 먹었다.

그때였다.

"남자친구랑 헤어졌나 봐."

일하는 사람 둘이 나를 보며 소곤거리는 소리가 들렸다.

"그러게. 반지도 끼고 있는데, 저렇게 혼자 미친 듯이 먹다니…… 틀림없어."

"대학생 같지는 않은데 고등학생인가?"

소곤거리려면 제대로 소곤거려야지 내 귀에 모두 들리게 하는 속셈은 뭘까? 일부러 들으라는 뜻일까? 찬규와 같이 맞춘 반지를 빼지도 않았는데 헤어졌다고 제멋대로 어림잡다니……. 나는 스파게티와 피자 두 조각을 다 먹은 뒤 스마트폰을 들었다. 1번을 꾹 눌렀다. 1번은 찬규다. 찬규와 사귀기 전까진 엄마가 1번이었다. 엄마 눈치가 보였지만 어쩔 수 없었다. 내게 1번은 찬규였고, 찬규일 수밖에 없었다.

두 번 걸었는데 안 받았다. 세 번 걸었다. 그때서야 찬규가 전화를 받았다.

"아, 너 때문에 게임 못 하잖아. 한창 내기하는데."

전화를 받자마자 찬규는 버럭 짜증을 냈다.

나는 태어나서 처음으로 내 짜증을 있는 그대로 드러냈다. 그때는 도저히 참을 수가 없었다. 아마 다시 그렇게 하라고 하면 하지 못할 짜증이었다.

"당장 와. 안 그러면 너랑 끝이야."

그리고 끊었다.

바로 뒤에 전화가 왔다. 찬규였다.

"왜 그래? 어디야?"

부드러운 목소리였다. 내가 있는 곳을 말하자 찬규는 얼마 지나지 않아 나타났다. 컵라면을 두 개나 먹어서 배부르다는 찬규 말은 들은 척도 안 하고 나는 통닭 한 마리와 레모네이드를 시켰다. 헤어졌다고 쑥덕거린 이들에게 보여 주기 위해 일부러 손을 잡고 쓰다듬었다. 심지어 쑥덕거리던 사람이 가까이 오자 찬규 이마에 뽀뽀까지 했다. 찬규는 뭔 일인지도 모른 채 활짝 웃었다. 그래, 넌 웃어야 멋져!

찬규가 짓는 웃음은 하루 내내 쌓였던 힘겨움을 싹 가시게 했다. 스파게티 한 그릇에 피자 두 조각, 거기다 통닭 한 마리를 내가 거의 다 먹었다. 배에 힘을 주어도 들어가지 않았다. 그날은 그렇게 잘 끝났다. 그런데 끝이 아니었다. 아니 그날이 처음이었다. 그 뒤로 만나는 찬규는 내가 알던 찬규가 아니었다.

찬규는 뜬금없이 내게 짜증을 부리는 일이 잦았다. 누가 봐도 내 잘못이 아닌데도 내 잘못이라고 몰아붙이면서 잘못했다고 빌라고 했다. 그러다 내가 참지 못하고 같이 짜증을 낼 낌새가 보이면 얼른 잘못했다고 하고는 온갖 선물을 주고 달콤한 말을 내뱉었다. 하루에도 몇 번씩 하늘로 치솟았다 땅으로 처박히는 느낌이었다.

그러던 어느 날 드디어 일이 터졌다.

'나 죽고 싶어.'

처음엔 장난인 줄 알았다.

'나 죽어 버리고 싶어.'

장난이 아니었다.

'더는 살기 싫어.'

노릇노릇하게 잘 구운 스테이크를 먹으려는데 영문도 모르게 스테이크가 갑자기 사라져 버렸을 때보다 더 큰 놀라움이었다.

찬규가 보낸 카톡을 읽는데 떨리는 느낌을 내가 알아차릴 만큼 내 눈동자가 떨렸다. 낱말을 만들어 내기 위해 스마트폰을 만지는 손이 부들부들 떨려서 자꾸 엉뚱한 곳을 눌렀다. 겨우 뜻을 담은 글을 만들어서 보냈다.

'왜 그래? 무슨 일이야?'

'삶이 끔찍해.'

'제발, 그러지 마.'

'다 싫어. 삶이 싫어.'

밤 11시부터 새벽 3시까지 달랜 뒤에야 찬규는 '죽고 싶다'는 말을 거둬들였다. 그 사이 사랑한다는 말을 수십 번 했고, 힘을 주는 말도 수십 번 했다.

그런데 그날이 끝이 아니었다. 밤이 되면 '죽고 싶다'는 말이 날을 가리지 않고 날아들었다. 하물며 시험 때에도 죽고 싶다는 찬규를 달래느라 잠 한숨 못 자기도 했다. 내 시험 점수를 보고 엄마가 화들짝 놀랐고, 무슨 일이 있냐고 캐물었다. 나는 하는 수 없이 그동안 찬규와 나누었던 카톡을 엄마에게 보여 주었다.

"아니… 무슨 … 이런 ……."

엄마는 어이가 없는지, 아니면 알맞은 말을 찾기 힘든지 한참을 더듬거리셨다.

"찬규가 이런 말도 안 되는 짓을 하는데도 너는 싫다는 말 한마디 못 했어?"

나는 아무 소리도 못 하고 엄마 품에 안겨서 펑펑 울었다.

나는 엄마를 닮았다. 엄마도 나처럼 싫다는 말을 잘 못하신다. 아빠가 아무리 마음에 안 들어도 다 맞춰 주신다. 우리 남매에게도 좀처럼 짜증을 내지도, 야단을 치지도 않으신다. 우리가 말하면 거의 다 들어 주신다. 내 됨됨이는 속속들이 엄마에게서 왔다. 아빠는 싫은 일을 하지 않는다. 아무리 내가 없는 귀여움까지 꺼내보여도 한 번 아니면 끝까지 아니라고 하신다. 엄마는 내가 앙탈을 부리면 곧바로 뜻을 바꾸신다.

서로 싫은 소리 못하기는 마찬가지였기에 엄마와 나는 어떻게 할지 한참 이야기를 나눴다. 길이 보이지 않았다. 엄마는 잠깐 기다려 보라고 하더니 이곳저곳에 전화를 돌렸다. 마지막에 전화 통화를 한 사람은 심리상담사였다. 유난히 길게 이야기를 나누셨다.

심리상담사와 전화를 끊고 나서 엄마가 내게 말했다.

"다시 이렇게 죽고 싶다는 카톡이 오면 '죽어 버려' 하고 보내래."

나는 화들짝 놀랐다.

"그러다 정말로 죽으면 어떻게 해?"

"안 죽는대. 이런 애들은 결코 죽지 못한대. 죽는 시늉을 하며 남을 제 뜻대로 하려는 사람이니 칼같이 대꾸하래."

"진짜? 만에 하나 아니면 어떻게 해?"

"심리상담사 말이니까 맞겠지. 그리고 둘이 꼭 헤어지게 만들래. 무슨 수를 써서라도."

'죽고 싶다'고 말하는데 '그럼 죽어' 하고 대꾸하기도 두려웠지만, 헤어지자고 말하기는 더욱 두려웠다.

"네가 안 하면…… 아빠에게 말해야지 뭐. 다른 수가 없으니까."

엄마는 내가 두려워하는 마지막 말을 꺼내 들었다. 아빠가 이 일을 알면 어떻게 될까? 안 봐도 뻔하다. 아빠는 물불 가리지 않으신다. 나와 찬규는 그대로 끝이다. 만약 내가 헤어지지 않으면 다른 도시로 집을 옮길지도 모른다. 아빠는 틀림없이 그럴 분이다.

나는 아빠에게 말하겠다는 엄마 말에 밀려 엄마가 하라는 대로 하기로 했다. 그날 밤 또다시 찬규에게서 카톡이 왔다. 성적이 떨

어져서 엄마에게 엄청 야단을 맞았다고 했다. 또다시 죽고 싶다고
했다. 가족들에게 앙갚음하고 싶다고도 했다.

'그럼'

'그'와 '럼' 두 글자 누르기가 무척 힘들었다.

'죽…'

손이 떨렸다.

엄마가 옆구리를 찔렀다.

'…어.'

보내기를 눌렀다.

내가 보낸 말을 읽고 깜짝 놀랄 찬규 얼굴이 떠올랐다.

'죽고 싶으면 죽어.'

처음엔 힘들었지만 한 번 보내고 나니 별로 어렵지 않았다.

'그렇게 죽고 싶다면 죽으라고. 안 말릴 테니까.'

'네가 어떻게 나한테….'

나는 멈칫했다. 지나치다 싶었다.

"아빠에게 이를까?"

엄마가 눈을 부라리며 말했다.

나는 어쩔 수 없이 마지막 한 방을 날렸다.

'헤어져. 그러니까 죽고 싶으면 죽어.'

아무런 대꾸가 없었다.

'다시는 연락하지 마. 만약 연락하면 우리 아빠가 학교랑 너희 집에 찾아가신대.'

그렇게 중3을 뜨겁게 달궜던 내 사랑은 끝났다. 나중에 학교에서 찬규를 마주쳤는데 아무렇지도 않게 지냈다. 죽고 싶다는 말들이 모두 나를 제멋대로 주무르기 위한 속임수였다니 부아가 치밀었지만 모른 척했다. 다만 찬규에게 했던 뽀뽀는 싹싹 지워 버리고 싶었다. 할 수만 있다면 찬규 머릿속까지 빡빡 문질러 모조리 지워 버리고 싶었다.

* * *

그 일을 겪고 몇 번이나 다짐, 또 다짐했다. 앞으로 싫으면 싫다고 말하기로. 다른 사람만 생각해서 나를 버리는 짓은 결코 하지 않기로. 이제 나는 어떻게 해야 할까? 한때 가까웠던 은아와는 서먹한 사이가 됐고, 엉뚱하지만 마음만은 착한 경주는 나 때문에 겪지 않아도 될 아픔을 겪었고, 학교 식당은 갈수록 엉망이고, 빵순이가 하는 일은 옳지 않아 보이지만 어떻게 할 길은 보이지 않는데, 나는 얽혀버린 실타래를 풀어낼 슬기도, 굳센 뜻도 없다. 가만히 있기는 죽기보다 싫은데. 이제 나는 무엇을 어떻게 해야 할까?

07 마음먹기

밤새 생각하고 또 생각했다.
아침에 눈을 뜨자마자 마음을 먹었다.

싫으면 싫다고 하자.
옳으면 옳다고 하자.
내 깜냥만큼은 짐을 지자.

나는 내 깜냥을 헤아렸다.
깜냥을 헤아리고 나니 내 갈 길이 보였다.
무엇을, 어떻게 할지 떠올랐다.
이제 마음먹은 대로 하면 된다.

어떻게 일이 돌아갈지, 제대로 풀리긴 할지

살짝 걱정되지만 미리 헤아리지 않기로 했다.

왜냐하면 어떻게 될까 하는 걱정보다 양심이 겪는 괴로움이 더

크기 때문이다.

이제,

하자!

08 우동족발떡볶이라면부침개국밥순대
어묵…

나는 내가 마음먹은 대로 움직일 때를 기다렸다. 좋은 때를 엿보며 기다렸는데 학교 밖에서 저녁을 먹기로 한 날 뜻하지 않게 알맞은 일이 벌어졌다. 어느 날, 우리는 저녁밥을 학교 식당이 아니라 밖에서 먹기로 뜻을 모았다. 점심때는 선생님들 눈 때문에 많이 못 나가지만 저녁때는 많은 애들이 학교 뒤편 아파트 단지 쪽으로 먹기 나들이를 떠난다. 학교 바로 뒤에 아파트 단지가 세 개나 있는데 화, 목, 금에 아파트 단지에서 장터가 열린다. 장터에는 학교에서는 먹기 어려운 먹을거리가 넘친다. 값도 비싸지 않은데 그릇이 넘치도록 듬뿍 준다. 학교 식당이 그런대로 괜찮을 때는 몇몇 애들만 아파트 장터를 찾았는데, 이제는 많은 애들이 저녁만 되면 학교 식당에서 먹지 않고 아파트 장터를 찾았다.

우리들은 학교 밥이 마음에 들지 않지만 꿋꿋하게 학교 식당을 지켰다. 누가 시키지 않아도 꼭 해야 하는 일로 여겼다. 그러나 먹기 힘든 먹을거리를 되풀이해서 먹다 보니 무척 힘들었다. 꿋꿋하게 학교 식당을 지키던 우리들도 더는 견디기 힘들었다. 점심은 그런대로 먹겠지만 저녁까지 엉망인 먹을거리들을 끊임없이 먹을 만큼 우리가 지닌 끈기는 넉넉하지 않았다. 우리는 생각을 나눈 끝에 아파트 장터에서 저녁을 먹기로 했다. 가슴이 아팠지만 어쩔 수 없었다.

보충수업이 끝나자마자 뒷문으로 뛰었다. 수많은 애들이 아파트 장터 쪽으로 뛰어갔다. 거의 다 여학생이었고, 남학생은 그리 많지 않았다. 체육복 바지를 입고 뛰는 애, 카디건을 허리에 두르고 뛰는 애, 교복 치마를 팔랑거리며 뛰는 애, 머리를 질끈 묶고 뛰는 애, 슬리퍼를 신고 뛰는 애, 부스스한 머리로 뛰는 애, 안경을 손에 쥐고 뛰는 애, 단짝과 손을 꼭 붙잡고 뛰는 애, 안 뛰는 척 뛰는 애, 뛰는 척 걷는 애 등 뛰어가는 모양새도 가지가지였다. 학교 뒷문부터 아파트 넓은 터까지 학생들이 뛰면서 내뱉은 숨결이 가득했다.

'이 많은 애들이 먹을 만한 먹을거리가 아파트 장터에 있을까?'

잠깐 이런 걱정을 했는데 정말 쓸 데 없는 걱정이었다. 아파트 장터에는 여고생들을 위한 먹을거리가 차고 넘쳤다. 우동, 족발,

떡볶이, 라면, 부침개, 국밥, 순대, 어묵 등이 서로서로 입에 넣어 달라고 손짓했다. 너무 많아서 선뜻 고르기 힘들었다.

"이거 하나씩 다 먹으면 안 될까?"

"우린 안 되겠지만. 아름이랑 너는 될지도 모르지."

"아름이랑 지민이 때문에 장터가 결딴나겠네."

우리는 모처럼 먹을거리를 앞에 두고 즐거운 우스개를 주고받았다.

그때였다. 우동 파는 곳 앞에 서성이는 경주가 보였다. 그리고 내가 기다리던 때가 바로 이때라는 생각이 번개처럼 떠올랐다. 나는 어떻게 하면 물이 흐르듯 부드럽게 경주와 같이 먹을 수 있을지 생각했다. 아파트 장터를 살폈다. 왁자지껄했다. 학교 식당과 비슷했지만 느낌은 달랐다. 무언가에 얽매인 느낌이 없었다. 여기서는 어울리는 애들끼리 같이 앉아서 먹으려고 굳이 애쓰지 않아도 된다. 옆에 누가 앉는다고 싫어하고, 혼자 있다고 쪽팔리지도 않는다. 애들도 훨씬 마음 넓게 받아들일지도 모른다. 짝꿍과 이런 곳에서 함께 먹는 일은 그 어떤 눈치도 볼 일이 아니었다. 그러니 뜻하지 않게 만난 척하며 같이 먹자고 하면 될 듯했다.

"야, 우동 먹자. 옆에 떡볶이도 있네."

먼저 골라잡고 움직이기가 내게 쉬운 일이 아니었지만 힘을 내서 그렇게 했다. 애들도 무얼 먹을지 고르지 못했기에 내가 움직이는 대로 선뜻 따라왔다.

"어, 경주야! 네가 여긴 웬일이야?"

나는 이제야 경주를 찾아낸 듯 반갑게 말을 건넸다.

어쩔 줄 몰라 하던 경주는 더듬거리며 내 말을 받았다.

"아…, 그게…, 그냥…, 집에 가다가…, 배고파서…, 뭐 있나…, 하고."

"우리도 여기서 우동이랑 떡볶이 먹을 건데, 너도 같이 먹을 래?"

만약 학교 식당이었다면 내가 이렇게 말하기 어려웠겠지만 아 파트 장터에서는 어렵지 않았다. 아파트 장터에서 뜻하지 않게 짝 꿍을 만나서 같이 먹자고 하는데 누가 트집을 잡겠는가?

애들도 약간 들떴기에 부드럽게 경주를 받아들였다. 우리는 우 동을 한 그릇씩 시키고, 떡볶이와 순대도 가득 시켰다. 즐겁게 수 다를 떨면서 맛있게 먹었다. 장터 곳곳에 우리 학교 학생들이 바 글바글했다. 마치 우리 학교 식당이 통째로 옮겨 온 듯했다. 우동, 순대, 떡볶이를 싹싹 비운 뒤에도 어묵을 한 개씩 더 먹었다.

"뭔가 아쉽지 않냐?"

내가 말했다.

"그렇게 먹고 또 들어가?"

우동 한 그릇에 나가떨어진 혜나가 말했다.

"장터까지 왔는데 아이스크림은 먹어 줘야지. 아이스크림이 나를 위해 기다리는데 안 먹으면 얼마나 서럽겠어."

아름이가 이렇게 나오자 다들 좋다면서 아이스크림을 먹으러 갔다. 물론 경주도 함께 갔다. 아이스크림을 빨며 학교로 돌아오는데 흐뭇함에 저절로 웃음이 나왔다. 학교에 다다랐을 무렵 나는 꾹 참았던 말을 내뱉었다.

"경주야, 같이 먹으니까 좋지? 내일부터 우리랑 같이 밥 먹자."

나는 경주 말을 기다리지 않았다. 같이 있던 친구들이 어떻게 받아들일지도 눈치 보지 않았다. 마음먹은 대로 밀어붙였다.

"내일부터 같이 먹자. 알았지?"

이렇게 말하고는 얼른 말을 돌려 버렸다.

"오늘 정말 맛있었지? 다음에 또 갈까? 돈만 많으면 마구마구 갈 텐데."

그러면서 부드럽게 경주와 헤어졌고 친구들과 야자를 하러 들어갔다. 다른 애들은 경주와 함께 먹는다는 내 말에 별말을 덧붙이지 않았다. 아름이도 별말이 없었다. 물론 속으로는 무슨 생각을 하는지는 모른다. 아무튼 나는 내가 하고 싶은 대로 했다.

다음 날, 머뭇거리는 경주를 끌고 일부러 가장 앞장서서 갔다. 워낙 빨리 가는 바람에 다미뿐 아니라 아름이와 윤지, 혜나도 새치기를 해서 내 뒤에 붙어야 했다. 거울 앞 남자애들이 새치기 한다고 투덜거렸지만 아름이가 가볍게 짓눌러 줬다. 나는 되도록 아름이와 눈을 마주치지 않았다. 일부러 경주와 어제 아파트에 가서 먹었던 일을 즐겁게 되새기며 수다를 떨었다. 조금 쑥스러워하던 경주도 살짝 웃으며 몇 마디 대꾸를 했다. 다른 애들은 별말이 없었다.

1학년이 밥을 먹는 12시 40분이 되었다. 나는 앞에 섰다. 밥을 떴다. 많이 뜨지는 않았다. 고구마가 들어간 밥인데 고구마가 밥과 엉겨서 질퍽한 느낌이 들었다. 꽁치무조림은 겉은 그럴 듯했는데 냄새가 별로였다. 꽁치 냄새가 거슬렸다. 야채잡채에는 고기 한 점 없이 푸성귀와 잡채만 있었다. 돼지고기볶음은 없고 늘러 붙고 퍼진 잡채만 있는 야채잡채는 얼핏 보기에도 맛없어 보였다. 늘 뻔한 맛을 내는 배추김치를 몇 개 얹은 뒤 어묵매운탕을 받았다. 매운탕이면 갖가지 야채와 고기가 보여야 하건만 어묵과 야채 몇 조각밖에 보이지 않았다. 고추장을 지나치게 많이 풀었는지 색깔이 빨개도 너무 빨겠다.

가장 앞섰기에 내가 자리를 골라야 했다. 나는 자리 고르기를 머뭇거리지 않았다. 어디에 앉을지 이미 마음먹고 왔기 때문이다. 나는 따라오기를 미적거리는 경주를 이끌어서 빵순이가 선 바로 옆자리를 잡았다. 다른 자리도 많았지만 쳐다보지도 않았다. 아름이를 비롯한 친구들은 머뭇거리다가 나를 따라왔다. 나는 경주를

104

내 바로 옆에 앉게 했다. 경주 옆에는 윤지가 앉고, 내 앞에는 다미, 다미 옆에는 혜나, 윤지 앞에는 아름이가 앉았다. 다 앉고 나니 경주가 우리 모둠 속에 쏙 들어온 꼴이 되었다. 내가 이렇게 앉으면 정말 좋겠다고 머릿속에 그렸던 그대로 모습이었다. 경주를 바깥에 앉히면 경주가 눈치를 보다가 옆자리로 옮겨갈 수도 있기 때문이다.

경주가 앉은 자리뿐 아니라 다른 애들이 앉은 자리도 딱 알맞았다. 다미는 내가 하려는 말을 가장 잘 받아주기에 내 앞에 앉으니 알맞다. 윤지는 따뜻해서 경주가 느끼는 거북함이 줄어들게 하니 경주 옆자리가 알맞고, 경주 앞에 장난 잘 치는 혜나가 앉아 경주가 마음 놓고 먹기 좋다. 아름이는 가장 끝자리여서 경주와 내가 눈길을 나누지 않아도 되었다. 여섯이 앉은 자리는 예쁜 꽃 옆에 금이 놓인 듯 더없이 좋았다.

어제만 해도 맛은 없었지만 우리끼리 수다는 그치지 않았는데 경주가 끼어들어선지 몰라도 아무도 입을 열지 않았다. 물론 이런 일이 벌어질 줄 미리 헤아리긴 했다. 어떻게 할지도 생각해 왔는데, 막상 닥치니 입을 열기 쉽지 않았다. 그렇다고 내가 벌인 일을 되돌리지도 못한다. 일은 저질렀고 갈 데까지 가보는 수밖에 없다.

나는 잠깐 빵순이를 살폈다. 빵순이는 세 걸음쯤 떨어진 곳에서 식당 이곳저곳을 살폈다. 나는 깊이 숨을 들이마신 뒤 입을 열었다.

"고구마밥이 너무 질퍽하지 않냐? 이게 밥이냐? 차라리 고구마와 밥을 섞어 죽을 쑤지."

내 앞에 앉은 다미는 눈을 동그랗게 뜨고 나와 빵순이를 번갈아 봤다.

"야, 너 뭐하는 짓이야?"

다미가 소리 죽여 말했다. 말은 안 했지만 다른 애들도 깜짝 놀란 얼굴이기는 마찬가지였다. 요즘 빵순이를 건드리는 짓은 불에 기름을 붓는 꼴이다. 걸리는 애들마다 가만두지 않는 빵순이 앞에서 대놓고 빵순이 듣기 싫은 소리를 하니 다들 깜짝 놀랄 수밖에 없었다. 나는 친구들이 주는 눈치를 알고도 일부러 모른 척했다.

'싫으면 싫다고 말해야 한다.'

나는 이 말을 수십 번 되새겼다.

"이 국은 어묵매운탕이 아니라 어묵고추장탕이라고 불러야 해. 고추장 풀고 어묵 넣고 끓여놓고는 어묵매운탕이라고 부르다니 말이 돼?"

살짝 빵순이를 살폈다. 얼굴빛이 붉어졌다. 틀림없이 내 말을 듣는다. 하긴 바로 옆인데 귀가 먹지 않는 한 내 말이 들릴 수밖에 없다.

"이 꽁치, 싸 보이지 않냐? 웬 비린내?"

"야, 너 일부러 그러니?"

앞에 앉은 다미가 허리를 바싹 숙이고는 속삭였다.

"너도 꽁치 냄새 나지?"

다미 말에 대꾸하지 않고 나는 내 말만 밀고 나갔다.

"그렇긴 해. 그렇지만……."

"그나마 나머지 반찬은 잡채에 견주면 임금님 밥상에 오를 만해."

나는 잡채를 집어 눈높이로 들었다.

"이 반찬이 도대체 잡채냐, 푸성귀 떡이냐? 에휴, 정말 못 먹겠다."

나는 숟가락과 젓가락을 탁 놨다. 더 먹고 싶었지만 참았다. 맛은 없었지만 배고픔은 싫었다. 그럼에도 참았다.

"너희들은 입도 참 착하네. 내가 웬만하면 가리지 않는데, 오늘은 도저히 못 먹겠다. 그치? 옛날에는 이렇게까지 망가지진 않았는데 어쩌다 학교 식당이 이 꼴이 됐냐?"

애들은 나와 빵순이를 번갈아 살피며 조심스럽게 밥을 먹었다. 내가 워낙 거침없이 말했기 때문에 경주가 가운데 끼어서 먹는 일이 별일 아니게 됐다. 나는 국이 담긴 곳에 남은 밥과 반찬을 모았다. 넘칠 듯했다. 하는 수 없이 남은 밥과 반찬을 두 곳으로 나눠서 모았다. 내가 이렇게 많이 남기다니, 맛없기는 해도 먹으려고 하면 먹는데, 아까웠다. 그래도 꾹 참았다. 뜻을 이루려면 참아야 한다.

입이 짧은 혜나가 젓가락을 놓았다. 혜나는 국 담는 곳에 반찬을 다 모으더니 가만히 기다렸다. 어제만 해도 먹을거리 예술을 즐겁게 했지만, 때가 때인지라 가만히 있었다. 다음으로 경주가 젓가락을 놓았다. 경주는 급식을 워낙 적게 받았기에 별로 먹지 않았음에도 식판이 깨끗했다. 이어서 다미, 아름, 윤지가 거의 같이 젓가락을 놓았다. 나는 먼저 일어섰다. 일부러 빵순이 쪽으로 내 식판을 보여 주며 몸을 일으켰다. 빵순이 눈길을 넉넉하게 받고 몸을 돌렸다. 식판을 되돌려 놓는 곳으로 가서 음식쓰레기통에 남은 찌꺼기를 버렸다. 안 그래도 되는데, 일부러 식판으로 음식쓰레기통을 탕~! 탕~! 두드렸다. 다른 애들도 식판에 달라붙은 밥과 반찬 찌꺼기를 떨구려고 툭, 툭 쳤다. 여느 때였다면 식판을 들고 음식쓰레기통 옆으로 오는 일도 없었을 나였지만, 오늘은 일부러 식판을 음식쓰레기통 귀퉁이에 세게 쳤다. 내가 두들긴 소리가 빵순이 귀까지 가기를 바랐다.

나는 경주 손을 잡고 교실로 왔다. 이를 닦는 곳에도 경주를 데려 가고 싶었지만 첫날인데 지나치게 많이 나가지 않기로 했다. 다섯은 이를 닦기 위해 함께 갔다. 이를 닦는데 아무도 말을 안 했다. 다들 무언가 말을 하고 싶지만 참는 낌새였다.

다음 날, 나는 또다시 경주를 이끌고 가장 앞에 섰다. 웬일로 다미가 늦지 않게 와서 경주 뒤에 섰다. 밥 먹기를 기다리는 내내 지나치게 질긴 마른오징어를 길게 씹는 듯한 느낌이 들었지만 애써 억눌렀다. 나는 경주와 띄엄띄엄 이야기를 나눴고, 다미와도 이야기를 나눴다. 다미는 어제와 달리 내 말을 잘 받아주었다.

나는 또다시 어제와 같은 자리를 잡았다. 빵순이는 내가 자리에 앉자 눈썹을 치켜뜨며 나를 봤다. 다른 곳을 보다가도 틈만 나면 나를 노려봤다. 경주는 어제와 마찬가지로 내 왼쪽에 앉았고, 그 옆엔 혜나가 앉았다. 내 앞에는 다미가 앉았고 그 옆에는 윤지, 마지막 자리엔 아름이가 앉았다.

나는 수저를 들자마자 투덜거렸다.

"아, 된장국이 샐러드 쪽으로 넘쳤어. 된장국 묻은 샐러드라니……."

"야, 야, 나도 늘 넘쳐서 뒤섞이거든. 우리 학교 식판은 반찬과 국물을 어떻게든 섞이게 만들어 다른 학교에서는 맛보지 못한 맛을 만끽하게 하지. 우린 남다른 학교니까!"

어제와 달리 다미가 내 말을 제대로 받아주었다.

"느끼한 샐러드에 늘 나오는 된장국. 그 둘이 하나가 되었는데…… 이 따위를 사람이 먹어야 할까, 버려야 할까?"

그때 혜나가 끼어들었다.

"넌 사람 아니잖아. 너는 먹을거리 빨아 먹는 기계 아니었어? 식판 청소기!"

윤지가 피식 웃었다. 경주도 웃긴지 왼손으로 입을 가렸다.

"식판 청소기도 다 빨아들이기 버거워. 아무리 기계지만 가릴 때도 있다고."

"뭘 가려? 입을 가려? 네 살을 가려?"

틈만 나면 우스갯소리를 하는 혜나 때문에 부드럽게 이야기가 오갔다. 혜나가 고마웠다. 나는 누가 봐도 지나치다고 느낄 만큼 일부러 크게 웃었다. 애들도 웃고, 경주도 웃었다. 아름이는 말 한 마디 않고 묵묵히 먹었다.

"국그릇이 비쌀까?"

"그럼, 국그릇이 있어야 한다고 그렇게 말해도 안 사주잖아. 아마 엄~~~~청 비싸서 살 엄두를 못 낼 걸."

한 번 입이 터지자 다미와 혜나는 나와 짝짜꿍이 되어 말을 주고받았다. 물론 빵순이는 다 들을 만한 자리에 있었다.

이번에도 반쯤 먹고 반은 음식쓰레기통에 버리기로 했다. 혜나는 남은 밥과 반찬으로 멋진 예술품을 만들었다. 밥 먹기를 마치고 식판을 되돌려 놓으러 여섯이 함께 움직였다. 그때 빵순이가 우리 쪽으로 걸어왔다. 식판 돌려놓는 곳 바로 앞에 서서 우리들을 노려봤다. 나는 보란 듯이 식판을 탕, 탕 쳐서 음식쓰레기통에 쓰레기를 보탰다.

"김지민, 너 왜 그렇게 많이 남겨? 음식을 많이 남기면 죄야, 죄! 알 만한 애가 왜 그래?"

빵순이였다. 나는 가슴이 두근거렸다. 이런 일이 벌어질지 알았지만 막상 벌어지니 곧바로 대꾸하지 못하고 멈칫했다. 이때 멈추면 이도저도 아니다. 깊이 숨을 들이마시며 알맞은 말을 골랐다. 버릇없어 보이지 않게 애쓰며 내가 막 입을 열려고 할 때였다.

"맛없어서 먹기 힘들어요, 선생님."

뜻밖에도 경주였다. 학교 식당에 겨우 두 번 온 경주가 맛없다고 말한다. 엄청난 일이었다. 바다를 가른 모세도 놀랄 일이었다.

"음식쓰레기 버리는 데 얼마나 많은 돈이 드는지 알아?"

빵순이 말이 날카로웠다.

"버려서 쓰레기가 아니고, 쓰레기여서 버려요."

내 입에서 튀어나온 말이었다. 이렇게 센 말을 할 생각은 아니었다. 울컥 치솟는 무언가에 내 입이 제멋대로 움직였다. 버릇없는 말이 아닌가 싶기도 했지만, 내뱉고 나니 속이 시원했다. 내 말에 빵순이는 입을 벌린 채 다물지 못했다. 정말 제대로 한 방 먹인 느낌이었다.

나는 얼굴빛이 노래진 빵순이를 뒤로 하고 식당 밖으로 나왔다. 경주 얼굴이 어제보다 훨씬 부드럽고 따뜻해 보였다. 오늘은 다미, 혜나와 이야기도 나누고, 경주가 우리들 틈에 끼여 이야기도 나누었다. 빵순이에게 제대로 말하고, 한 방 먹이기도 했다. 내 뜻대로 다 풀려갔다. 앞으로 쭉 이대로 가면 된다. 이틀밖에 안 했지만 뿌듯함을 느끼기에는 넉넉했다.

09 배가 고파도 먹지 말아야 할 때가 있다

그날 저녁을 먹고 난 뒤 윤지가 나를 조용히 불렀다. 뭔 일이냐고 물었지만 입을 꾹 다문 채 나를 끌고 밖으로 나갔다. 나무 의자에 나를 앉히더니 둘레를 꼼꼼히 살폈다. 윤지는 몇 번 더 둘레를 두리번거린 뒤에야 말을 꺼냈다.

"지민아, 너 왜 그래?"

"뭘?"

"왜 그렇게 너답지 않은 일을 벌여?"

"나다움이 뭔데?"

"어떻게 끝날지 뻔하지 않니?"

"그야 모르지."

윤지는 착하다. 말에 거짓이 없다. 공부를 잘하지만 잘난 척하지 않는다. 내가 마음에 감춰둔 이야기를 꺼내도 남에게 옮기지 않는다. 남에게 털어놓기 부끄러운 얘기도 기꺼이 받아줄 친구다. 그럼에도 나는 일부러 차갑게 대꾸했다.

"무엇을 얻을지는 안개 속이지만 무엇을 잃을지는 불을 보듯 뻔해."

"뻔하지 않아. 어떻게 될지는 아직 아무도 모르잖아."

윤지는 고개를 세차게 흔들었다. 말을 멈추고 한참을 망설이다가 말을 꺼냈다.

"내가 중3 때였어."

무슨 얘기인지 모르지만 듣기 싫었다. 몸을 틀고 얼굴도 돌렸다. 윤지가 내 손을 잡았다. 나는 얼굴만 돌려 윤지를 봤다. 걱정과 따스함이 느껴졌다.

"우리 반에 왕따 당하는 애가 있었어. 나는 마음이 약해서 그 애에게 되도록 잘해 주려고 애썼어. 우리 반에서는 내가 그 애와 이야기를 나누는 단 한 명이었어. 어느 날 그 애가 나한테 우리 모둠이랑 함께 밥 먹고 싶다고 하더라. 우린 여섯 명이라 밥을 먹으면 6명이 앉는 책상에 딱 맞아서 더 끼어줄 자리는 없었어. 나는 처음에 받아들이지 않았는데, 끊임없이 나를 따라다녔고, 두 손을 모으고 '제발'이란 말까지 하더라구. 힘들고 괴롭다고, 다른 애들 밥 먹는 모습이 부럽다고, 안쪽 자리에 끼워 주지 않아도 되니까 그냥 바로 옆에 앉게만 해달라고 빌었어. 어떻게 할까 망설이다가 하는 수 없이 우리가 밥 먹는 데 끼워 주겠다고 했지.”

“왜 끼워줬어? 귀찮게 굴어서?”

“아니.”

“그럼 불쌍해서?”

“아니.”

“그럼 왜?”

“슬퍼 보여서.”

나도 모르게 “아~!” 하는 소리가 터져 나왔다. 맛없어 보이는 먹을거리에서 뜻밖에 놀라운 맛을 만났을 때 터져 나오는 놀라움과 똑같았다. 뱃속 깊이 울림이 일었다. 윤지가 나를 밖으로 끌고 나올 때부터 무슨 말을 할지 어림잡아 헤아렸기에, 어떤 말을 해도 흔들리지 않겠다고 굳건히 다짐했다. 일부러 윤지가 말할 때마다 차갑게 대꾸했다. 그런데 ‘슬퍼 보여서’란 말에 바위처럼 단단하다고 믿었던 마음이 큰 파도에 휩쓸리는 나룻배처럼 흔들렸다.

“나를 빤히 쳐다보며 말하는 그 애 눈빛이 슬퍼 보였어. 어찌나 슬퍼 보이는지 하마터면 울 뻔했어.”

“그래서 함께 먹었어?”

“말을 했으니 지켜야지. 그날 점심때 함께 갔어. 내가 일부러 마지막에 서고 그 애를 내 뒤에 세웠어. 그냥 있는 듯 없는 듯 따라와서 옆에 앉으면, 내가 말을 걸어 주겠다고 했지.”

윤지가 나와 똑같은 일을 했다니 놀라웠다.

“숨김없이 말하면 자리에 앉기 바로 앞까지 망설였어. 내가 쓸데없이 오지랖 넓게 일을 벌이나? 내가 과연 도움이 될까? 애들이 모두 싫어하면 어떻게 하지? 걱정이 이만저만 아니었어. 그래도 말을 꺼냈으니 지켜야겠다고 다짐하고 또 다짐했지.”

윤지가 잡은 손에 나도 모르게 힘이 들어갔다.

“나는 앉으려다 말고 일부러 그 애를 내가 앉으려던 자리에 앉게 하고 나는 맨 끝에 앉았어. 어차피 하는 일이면 제대로 하고 싶었거든. 내 앞에는 아무도 없어서 멋쩍었지만 참았어.”

“애들이 그냥 있었니?”

“다들 무슨 일인지 몰라 그 애를 노려보기만 했어. 내가 무언가 말을 해서 애들이 받아들이게 만들어야 했어. 그런데 너도 알다시피 내가 그럴 때 말을 잘하지 못하잖아. 무슨 낱말로 말을 만들까 잠깐 머뭇거리는 사이에 애들이 갑자기 모두 일어나더니 식판을 들고 자리를 옮겨버렸어. 내가 어쩔 줄 몰라 하는데 다른 애가 와서 내 식판을 들고 가버리는 바람에 하는 수 없이 내 식판을 따라갔지.”

내 손에 땀이 찼다.

“친구들은 내가 어떤 뜻으로 했는지 알기에 나에게 뭐라고 한

마디도 안 하더라. 밥 먹는 내내 말소리 하나 나지 않았고. 혼자 앉아 있는 애 쪽은 쳐다보지도 못했어. 밥을 다 먹고 일어서는데 옆에 친구가 말하더라.”

무슨 말을 했을까?

“윤지야, 그러지 마. 너만 괴롭고 힘들어.”

이틀을 끓인 사골국물에서 나온 듯 진한 말이었다.

“그 말이 나를 뒤흔들었어. 그 뒤 그 애와 다시 말을 섞지 않았어. 그 애는 중3이 끝날 때까지 철저히 혼자였고, 밥도 혼자 먹었어. 볼 때마다 안타까웠지만, 나에게 부아가 치민 적도 많았지만, ‘너만 괴롭고 힘들다’는 말을 받아들였기에 그 뒤로는 아무리 불쌍해 보이는 애를 봐도 모른 척하게 되더라.”

나도 괴롭고 힘들기만 하고 끝날까? 정말 그럴까?

“지민아! 우린 짊어질 깜냥이 되는 만큼만 짐을 지고 살면 돼.”

맞는 말이긴 했다. 나도 내 깜냥이 되는 만큼은 짐을 지고 살겠다고 다짐했다. 그러나 내가 다짐하는 말에 담긴 ‘깜냥’과 윤지가 말하는 ‘깜냥’은 같은 낱말이지만 아주 다른 뜻이었다.

“깜냥만큼은 져야지. 나도 그 말이 맞다고 여겨. 그런데 윤지야! 모두 내 깜냥만큼만 짐을 지고 살겠다고 해 버리면, 남는 짐은 도대체 누가 질까? 남는 짐은 누구 몫이지? 아무도 지려고 하지 않는 그 짐을 누군가는 져야 하는데, 아무도 지지 않으려 하면 어떻게 될까?"

"왜 그 짐을 네가 져?"

윤지가 목소리를 높였다.

"그럼 누가 지는데?"

나도 세게 되받았다.

윤지 눈을 봤다. 윤지도 내 눈을 봤다. 윤지 두 눈동자 안에 내
가 보였다. 윤지 눈동자가 나를 비추는 거울이었다. 나는 나를 보
며 물었다.

'정말 괜찮을까?'

'모르지. 그렇지만 이미 엎질러진 물인데 어쩌겠어.'

내 눈동자를 따스함과 걱정으로 바라보던 윤지는 내 손을 꼭 쥐
었다. 그러더니 아무 말 없이 일어났다.

'윤지야, 걱정해 줘서 고마워.'

이 말을 꼭 하고 싶었지만 하지는 않았다. 말을 꺼내면 몰래 숨
겨두었던 걱정이 밀고 나올까 두려웠기 때문이다.

야자를 하는데 공부가 되지 않았다. 윤지와 경주가 잇따라 떠올
랐다. 빈 종이에 동그라미와 가위표를 끊임없이 그렸다. 첫 야자
시간이 끝나자 이번엔 옆 반 다미가 나를 불렀다. 다미는 애들이
다니지 않는 곳으로 나를 잽싸게 끌고 갔다.

"네가 무엇 때문에 경주 챙기는지 잘 알아."

"알면 밀어 줘."

"나도 그리고 싶지만, 교과서에서도 선생님도 그러라고 시키지만, … 난 그러기 싫어."

"점심때는 내 말 잘 받아 줬잖아."

"그때는 밥 이야기였으니까. 아무튼 나는 경주와 같이 밥 먹기 싫어."

"왜? 너는 뉴스에 나오는 못된 사람들 욕 많이 했잖아. 그런데 너는 왜 그런 사람들과 똑같은 짓을 해?"

"나는, 경주가 무지무지 싫어."

나는 다미를 참 좋아한다. 멋쩍음을 웃음으로 넘기는 말솜씨와 넉살도 부럽지만, 옳지 않은 사람들에게 거침없이 욕을 날리는 당당함이 가장 마음에 든다. 그런 다미가 단지 싫다고 외톨이인 경주를 내버려두자고 하다니, 슬며시 골이 났다.

"옳고 그름을 불같이 가르던 다미는 어디 갔냐?"

나는 비꼬는 말투를 살며시 썼다.

"네가 비꼬아도 할 말 없어. 그래도 나는 경주 같은 애가 끔찍하게 싫어."

'끔찍하게'란 낱말이 '쿵~!' 하고 나를 때렸다.

"경주는 늘 불쌍한 척해. 혼자 모든 괴로움을 다 겪는 척해. 다른 사람에게 괴롭힘을 당하는 불쌍한 사람이니 다른 사람은 나를 돌봐야 한다고 생각해.”

“네가 어떻게 알아?”

나는 목소리를 높였다. 말도 안 된다고 생각했다. 내가 보기에 한없이 여리고 약하고 착한데, 경주 안에 무슨 그런 말도 안 되는 꿍꿍이가 감춰져 있단 말인가?

“겪어 봤으니까!”

다미가 하는 말에 윤지가 했던 말이 겹쳐졌다. 양쪽 귀에 다미와 윤지가 했던 말이 뒤섞여 들렸다. 어지러웠다. 고개를 세차게 흔들었다. 두 목소리를 모두 내몰아 버리고 싶었다.

“중학교 때 2년을 같이 다녔어. 나도 너처럼 걔를 챙겨 주려고 무지 애를 썼어. 그리고 나중에야 알았지. 걔가 얼마나 불쌍한 척하는지. 경주는 그냥 늘 불쌍한 사람이야. 걔는 불쌍한 사람일 때만 착해. 나는 늘 경주에게 괴로움을 주는 사람이었어. 그렇게 애써서 챙겨 주고, 따뜻하게 대했는데도 경주는 하나도 고마워하지 않았어. 질, 려, 버렸어.”

다미는 ‘질’과 ‘려’를 툭툭 끊었다. 그 끊김 속에 다미 안에 깃든 노여움이 그대로 묻어났다.

“경주는 외롭고, 밥도 안 먹어. 나도 알아. 네가 좋은 뜻으로 하는 일인 줄도 알아. 그렇지만 너도 은아 챙겨 주려다 아름이가 세게 밀어내자 하릴없이 그만두었잖아. 이번이라고 다르겠어? 무엇보다 네가 경주 챙겨준다고 해서 마음씨가 엉망인 경주가 바뀌지 않아. 경주는 늘 불쌍한 사람인 척 꾸미는 놀이를 해. 옆 사람이 돌보고 싶게 만들어. 그렇게 만들어 놓고 사람을 제멋대로 하려고 해. 내가 거기에 질렸어. 다들 처음엔 경주가 착한 줄 알고 잘 지내다가 나중에는 떨어지려고 애를 써. 중학교 때도 그랬고, 고등학교 때도 마찬가지야. 경주가 애들과 잘 어울리다가 왜 외톨이가 됐는지 알아 봐. 경주랑 어울렸던 애들에게 물어보라고. 걔가 벌이는 꾸미기 놀이에 휘말려 들지 마. 경주가 겪는 외로움은 불쌍함 꾸미기 놀이에서 스스로 벗어나지 않으면 끝나지 않아."

'네가 도우면 되잖아.' 하고 말하려다 입을 다물었다. 다미라면 할 만큼 했으리란 생각이 들었기 때문이다.

"너는 경주와 끝까지 함께 하지 못해. 걔가 겪는 괴로움을 함께 겪을 까닭도 없고, 어려움을 풀어 주려고 네가 나설 까닭도 없어. 이만큼 하면 됐어. 할 만큼 했으니 이제 멈춰."

"그럼 경주는 어떻게 해? 점심도 못 먹는데 어떻게 하냐고? 이대로라면 앞으로 고등학교 내내 그렇게 지내야 하잖아. 넌 불쌍하지도 않니?"

"안 불쌍해. 불쌍한 척 꾸미기에 더는 안 속아."

다미는 차가웠다. 북극에서 무지막지한 찬바람을 맨몸으로 받을 때 느끼는 차가움이 이럴까?

'알았어. 생각해 볼게.'

이렇게 말하거나,

'날 걱정해 줘서 고마워. 그리고 나는 옳은 일을 하겠어.'

아니면 이렇게 말해야 했다.

좋은 말 다 놔두고 나는 해서는 안 되는 말을 내뱉고 말았다. 도대체 그 말이 내 머리 어디에 숨어 있다가 불쑥 튀어나왔는지 모르겠다.

"너, 아름이 눈치 보니? 그래서 이래?"

다미가 눈을 부릅떴다. 눈에서 불이 일었다. 처음이었다. 어떤 일을 겪어도 웃음과 장난기가 넘치던 다미였는데 그때는 아니었다. 나는 '눈치'란 낱말을 내뱉자마자 얼른 다시 주어 담고 싶었다. 주어 담을 수는 없어도 곧바로 잘못했다고 말하고 싶었다. 그러나 내게는 그럴 틈이 없었다. 내가 잘못을 빌 틈도 없이 다미는 몸을 획 돌리더니 매서운 빠르기로 가버렸다. 걸어가는 두 어깨 위에 불이 붙은 듯 보였다.

그때 야자 첫 쉬는 시간이 끝났음을 알리는 종소리가 울렸다. 내겐 다미와 내 사이가 끝장났음을 알리는, 더는 다미와 웃고 떠들지 못하게 되었음을 알리는 종소리로 들렸다.

야자 끝나고 운동장을 혼자 걸어갔다. 내가 무슨 짓을 하나 싶어 쓸쓸했다. 터벅터벅 걷는데 누가 나를 툭 쳤다. 혜나였다.

"지민아, 넌 도대체 그 귀찮은 짓을 왜 하냐? 너 찍히면 안 좋아."

"실은 말이야 혜나야. 어떻게 되었냐면…….''

혜나는 무거운 얘기를 좋아하지 않는다. 그럼에도 혜나에게 내 마음을 다 털어놓고 싶었다. 혜나에게라도 털어놓고 싶을 만큼 힘겨움을 나눌 누군가를 바랐다.

"그러니까…….''

"너 무거운 얘기 하려고 그러지? 아, 몰라, 몰라, 몰라, 무거운 얘기는 묵어…… 아 이럴 때는 우스개도 안 되네. 에이~. 나는 간다."

혜나는 손을 흔들면서 재빨리 뛰어갔다. 가로등 불빛이 밤을 환하게 밝혔지만 내 마음은 깊고 깊은 어둠으로 가라앉았다. 삼국지에 나오는 조조가 닭갈비(계륵)를 앞에 두고 나만큼 괴로웠을까? 통닭과 피자 둘을 놓고 딱 하나만 골라야 할 때 뭘 고를지 몰라 망설이던 때도 이렇게 힘들진 않았는데. 모르겠다. 머리가 아팠다. 무너지지 않을 다짐이라 여겼는데 단 이틀 만에 이렇게 흔들리다니, 내가 겨우 이쯤밖에 안 되는 사람이었던가? 나는 그제 아침에 쓴 내 다짐을 다시 떠올렸다.

'싫으면 싫다고 하자.'

싫은데 참고 살면 안 된다. 싫으면 싫다고 말할 줄 알아야 한다. 싫은데 싫다고 말하지 않으면 마음이 아프다. 마음이 썩어 들어간다. 썩고 썩은 마음은 언젠가는 나를 괴로움으로 몰아넣고, 더 힘든 일을 겪게 만든다.

'옳으면 옳다고 하자.'

옳다면 옳다고 말해야 한다. 옳지 않음을 보면 옳지 않다고 말해야 한다. 옳음을 말하지 않으면 옳지 않음이 널리 퍼지고, 나중에는 더 큰 아픔과 괴로움을 겪어야 한다.

'내 깜냥만큼은 짐을 지자.'

윤지가 말했다. 깜냥만큼만 짐을 지라고. 지금 내가 진 짐이 내 깜냥을 벗어났을까? 혹시 윤지가 한 말이 맞을까? 내가 내 깜냥을 벗어난 짐을 지었다면 어떻게 하지? 과연 나는 혹시라도 벌어질지 모르는 안 좋은 일을 이겨낼 힘이 있을까? 나쁜 일이 벌어져도 짊어지고 갈 굳건함이 있을까?

이럴 때 마음을 터놓고 이야기를 나눌 누군가가 없다니 서글펐다. 아니다. 있다. 윤지, 다미는 내가 마음을 터놓고 얘기를 나눌 친구였다. 둘은 나를 아끼고 걱정했다. 가슴이 저미어 왔다. 나는 윤지와 다미를 경주보다 열 배, 스무 배 더 좋아한다. 그런데 왜 나는 경주를 챙기려는 마음만 앞서고 윤지와 다미가 보낸 따뜻한 걱정은 내치기 바빴을까? 무엇을 위해?

윤지와 다미에게 카톡이라도 보낼까? 스마트폰을 꺼냈다. 그런데 뭐라고 하지? 잘못했다고 할까? 아니면 차근차근 내 생각을 말해볼까? 썼다 지우기를 되풀이했다. 밤은 깊어가고 잠은 오지 않고 스마트폰은 하릴없이 밝게 빛났다.

어렵게 낱말을 고르고 골라 글을 만들었다. 보내기만 하면 된다. 그러면 아무 일 없던 때로 돌아가겠지. 윤지는 넉넉하고 따뜻하니 바로 괜찮아지겠지. 다미는 잠깐 노여워하며 씩씩 거리겠지만 내가 싹싹 빌고 피자 한 판 사주면 풀리겠지. 자, 모두 되돌리자. 시간을 되돌리자.

보내야 했다. 그런데 못 보냈다. 보내려는 바로 그때, 떠올리기 싫은 찬규 얼굴이 스마트폰에 어른거렸다. 아름이 얼굴도 어른거렸다. 아름이 눈치 보며 말 한마디 못 했던 내가 떠올랐다. 하고 싶은 말을 다 하고 사는 아름이를 부러워하지만 아름이처럼 하지 못하는 내가 끔찍이 싫었다. 아름이가 나처럼 했다면 어땠을까? 그래도 윤지와 다미가 아름이를 말렸을까? 결코 아니다. 아무도 아름이가 하는 일에는 이러저런 말을 덧붙이지 않는다. 아름이가 부러우면 아름이처럼 해야 한다. 부러워만 말고, 부러워하는 일을 해야 한다.

　나는 애써 만든 낱말들을 지웠다. 스마트폰을 내려놓았다. 내가 이 일을 끝까지 밀고 나갈 힘이 있는지, 나쁜 일이 일어날 때 지고 갈 만한 깜냥이 되는지는 모르겠지만, 멈추지 말자고 다짐했다. 어차피 미리 따지고 헤아리고 걱정해 봐야 무슨 쓸모가 있겠는가? 걱정은 도움이 안 된다. 깜냥이 딸린다면 깜냥을 키우면 된다. 깜냥을 키우겠다고 다짐하자 오지 않던 잠이 스르르 밀려들었다.

10 양계장 집 딸

"오늘 점심은 뭘까?"

쉬는 시간에 경주가 내게 먼저 말을 걸었다.

"차림표 안 봤어?"

"응, 난 학교에서 나눠주는 차림표는 받자마자 버려. 어차피 먹지도 않으니까."

"나는 중학교 때 받았던 차림표도 다 모아 두는데."

"정말? 그걸 왜?"

"나는 먹고 즐기는 삶이 좋으니까."

"그럼 오늘 뭐 나올지 알겠네?"

나는 칠판을 봤다. 2교시가 끝나면 어김없이 칠판 한 귀퉁이에 나타나던 차림표는 사라진지 오래였다. 먹기 힘겨운 반찬만 잔뜩 나온 뒤부터 밥에게 쏠리던 뜨거움은 교실에서 아예 사라졌다. 혜나가 그리는 재미난 그림도 사라졌다. 웬만한 먹을거리는 맛있게 먹는 나조차도 밥 먹기를 즐기기보다 배고픔에서 벗어나려고 먹게 되었으니 다른 애들은 오죽하랴! 밥에 쏠리던 뜨거움이 사라진 교실에는 살아가는 즐거움이 모조리 사라진 듯했다.

나는 오늘 어떤 반찬과 국이 나오는지 떠올리려고 애썼지만 떠오르지 않았다. 옛날 같으면 물어보자마자 말했을 텐데……. 갑자기 서글퍼졌다. 먹는 즐거움은 사라지고, 애들과는 서먹해지고, 홀로 먹는 누군가를 위해 내 삶을 걸어야 하고, 오늘 무엇을 먹는지조차 떠올리지 못하는 김지민이라니……. 눈물이 나려 했다. 이런 학교를 다녀야 할까? 확 그만둬 버릴까? 밥 때문에 학교를 그만둔다는 생각까지 하다니 내가 봐도 우스웠지만 마냥 우습지만은 않았다.

"오늘 차림표가 뭔지 몰라?"

잡스런 생각에 빠진 나를 경주가 깨웠다.

"응, 그러게, 잘 모르겠네."

나는 스마트폰을 꺼냈다.

"스마트폰으로 차림표를 알아낼 수 있어."

"진짜? 우리 학교 차림표를 어떻게 스마트폰으로 알아?"

나는 피식 웃었다. 어떻게 김급식을 모른단 말인가? 대한민국

고등학생이라면 거의 아는 김급식을 모르는 경주가 안쓰러웠다. 한편으론 약간 아리송했다. 쉬는 시간마다 애들이 스마트폰을 보며 오늘 무엇을 먹는지 떠들고, 칠판에 쓴 차림표에 혜나가 웃긴 그림을 덧붙이면, 사진을 찍어서 김급식에 올린다고 저잣거리처럼 떠들썩한데도 어떻게 모를 수가 있을까? 경주도 처음엔 애들과 어울리며 지내기도 했는데 정말 김급식을 모를까? 아니면 모른 척할까? 설마 다미 말처럼 불쌍한 척하려고 저럴까? 나에게 더 불쌍하게 보여서 나를 꼭꼭 묶어두려고 저럴까? 설마, 아니겠지? 아니라고 믿자. 좋게 생각하자. 못 보지는 않았겠지. 봤겠지만 눈에 들어오지 않았겠지. 혼자 먹기 싫어 식당에도 가지 않는데 오늘 뭐가 나올지 알아서 뭐하며, 맛있는 먹을거리가 나오는 날엔 더 슬플 테니까.

마음이 뒤죽박죽이었다. 나는 마음을 다잡으려 얼른 김급식을 열어서 오늘 나올 차림표를 경주에게 알려주었다.

"와, 멋지다. 우리 학교에서 오늘 나올 밥과 반찬을 김급식이 무슨 수로 알아?"

경주는 김급식을 보며 연신 웃었다.

잘 몰랐는데 웃을 때 경주 오른쪽 볼에 짙은 보조개가 생겼다.

"그러니까 오늘 밥은 강황기장밥이네. 강황기장밥이 뭐야?

"강황은 카레가루를 만들 때 써. 네가 카레하면 떠올리는 냄새가 바로 강황이야. 생선 냄새를 잡을 때 강황을 쓰기도 해."

"와, 어떻게 강황을 그렇게 잘 알아? 멋지다."

"멋지긴. 잘 먹으려면 그쯤은 알아야지."

"그런가? 국은 계란실파국이야."

"또 계란이네. 정말 양계장을 하나 봐."

"양계장? 양계장이라니 무슨 말이야?"

"너 소문 못 들었구나. 하긴……, 앞으로 식당 반찬을 눈여겨
봐. 계란이 얼마나 많이 나오는지 알고 나서 깜짝 놀라지나 마. 계
란이 하도 많이 나와서 혹시 빵순이, 아니 영양사 선생님이 양계
장 집 딸이 아닌가 하는 소문이 돌았어."

"정말 영양사 선생님이 양계장 집 딸이야?"

나는 헛웃음이 나왔다. 정말 뭘 몰라서 저럴까, 아니면 일부러
저럴까? 몰라서 저런다면 놀랍도록 착한 애고, 일부러 저런다면
다미 말대로 불쌍한 척해서 남을 마음대로 갖고 놀려는 못된 애다.

"그게 진짜겠어? 우스개로 하는 말이지."

"아, 그렇구나. 반찬은 불낙볶음에 단호박튀김이야."

"불낙볶음은 괜찮을까? 그나저나 단호박튀김이라니 또 튀기
네."

나는 슬며시 장난기가 일었다.

"경주 너 우리 학교 땅에서 기름 나온다는 말 못 들어봤지?"

"뭐, 기름이 나와? 진짜?"

"그래 기름이 마구 나온대."

"우리나라는 기름 한 방울도 안 나는 나라 아니었어?"

"옛날에는 그랬지. 그렇지만 우리 학교에서 기름이 나온 뒤부터 우리나라도 기름이 나는 나라가 되었대."

"와! 정말?"

정말 헷갈린다. 경주를 깨끗하다고 할지, 멍청하다고 할지, 착한 척한다고 할지 모르겠다. 착한 척하는 쪽만 아니기를 마음 깊이 바랄 뿐이다.

"됐다, 됐어. 우리 학교급식에서 하도 튀겨서 나오는 반찬이 많이 나와서 하는 우스개야."

"아~! 어휴, 난 또. 지민아, 나 바보 같지?"

"응!"

"야~!"

경주가 내 어깨를 살짝 쳤고 나는 아픈 시늉을 했다.

경주와 김급식을 보고 수다를 떨고, 장난을 치고 나니 나를 짓눌렀던 힘겨움이 조금은 가셨다. 그끄저께까지만 해도 아름, 윤지, 혜나와 함께 했던 수다요, 장난이었다. 아무튼 움츠러들었던 가슴이 옷 주름이 펴지듯 풀렸다. 걱정이 살짝 가셨다.

수업이 끝났다. 반 애들 모두 느긋했다. 아름, 윤지, 혜나도 별

다른 움직임을 보이지 않았다. 빨리 가봐야 자리다툼할 애들도 없고, 앞서서 먹을 만큼 맛있지도 않으니 학생식당으로 서둘러 가려는 애들이 없었다. 나는 느긋하게 쉬다가 천천히 나갔고, 경주는 내 옆에 바짝 붙어서 따라 왔다. 팔짱을 끼려 하기에 슬며시 떼어냈다. 내가 갔을 때가 12시 25분이었는데도 식당 문 앞에 1학년은 아무도 없었다. 2학년들이 줄지어 식당 안으로 들어갔다. 아름이는 경주 뒤에 섰다. 애들은 아무 말도 없었다. 나도 말하고 싶지 않아서 그냥 2학년들 뒤통수만 쳐다봤다.

1학년이 들어가는 때가 되자 학생증을 단말기에 대고 안으로 들어갔다. 식판 위에 놓인 밥과 반찬은 김급식이 알려준 대로였다. 강황기장밥에선 강황 냄새가 진하게 났다. 이렇게 강황을 많이 쓸 바에는 차라리 카레밥을 해 주면 더 나을 텐데 하는 생각을 잠깐 했다. 그렇다고 카레밥이 나오지 않아서 아쉽지는 않았다. 카레밥이 나와봐야 뻔하기 때문이다. 흰밥 사이에 기장이 촘촘하게 자리했다. 계란실파국에는 계란이 가득했다. 계란국이라기보다 계란탕이라 불러야 맞지 않을까 싶었다. 불낙볶음은 그런대로 괜찮아 보였고, 단호박튀김은 또다시 기름이 줄줄 흘러서 먹고 싶은 마음이 뚝 떨어지게 했다. 나는 식판을 받고 자리를 찾아 걸어가면서 오늘 빵순이 앞에서 할 말을 쭉 정리했다. 별로 깊이 생각하지 않아도 이러저런 말들이 떠올랐다.

나는 빵순이 옆자리로 갔다. 경주가 내 뒤를 따랐다. 경주는 나를 마주보고 앉았다. 그런데 뭔가 느낌이 달랐다. 뒤가 허전했다. 살펴보니 옆에 와서 앉아야 할 애들이 보이지 않았다. 나는 아름이와 윤지, 혜나, 다미를 찾았다. 어디 있는지 보이지 않았다. 일어섰다. 한참 두리번거린 끝에 저 멀리 창가에 앉은 아름이와 다미를 찾아냈다. 아름이와 다미는 아무렇지도 않은 얼굴이었다. 아름이와 다미 앞에 앉은 혜나와 윤지는 뒤통수만 보였다. 머리가 멍했다. 아무 생각이 나지 않았다. 자리에 다시 앉은 뒤 식판만 뚫어지게 쳐다봤다. 무엇을 어떻게 해야 할지 종잡을 수가 없었다. 경주는 고개를 숙인 채 꼼짝하지 않았다.

먹고 싶지 않았다. 단 한 숟가락도 떠넘기기 힘들었다. 한참을 뚫어지게 식판을 노려보았다. 숟가락도 들지 않았다. 일어섰다. 식판을 들었다. 그대로 나갔다. 식판을 들어 음식쓰레기통에 들이부었다. 숟가락과 젓가락을 나눠 넣어야 하는데 한곳에 집어던졌다. 짜증이 치밀었다. 흘러나오는 눈물을 가까스로 눌렀다. 경주도 나를 따라 나온 듯했다. 마음에 두지 않았다. 빵순이 눈길이 나를 좇았지만 마음에 두지 않았다.

오후 내내 어떻게 할까 생각하고 또 생각했다. 누가 이 일을 이끄는지는 뻔했다. 아름이다. 아름이가 경주 바로 뒤에 있다가 애들을 이끌고 다른 자리로 갔다. 애들은 내가 아니라 아름이를 따랐다. 어제 내게 따뜻한 도움을 건네려던 다미와 윤지가 아름이 뜻에 따랐다고 생각하니 언짢기는 했지만 밉지는 않았다. 나도 잘못한 점이 많기 때문이다.

그렇지만 나와 한마디 말도 없이 애들을 따로 데리고 간 아름이는 정말 미웠다. 그렇다고 아름이에게 대놓고 얘기할 굳센 힘이 내게는 없었다. 그래도 이대로 참고 넘어갈 수는 없었다. 아름이에게 내 뜻과 힘을 어떻게든 보여 주고 싶었다. 어려움을 헤쳐 나가려면 아름이와 맞서야 했다. 아름이에게 무엇을 말할지, 어떻게 말할지 수도 없이 생각했다. 하려다가 망설이고, 그만둘까 하다가 하자고 다짐하길 수없이 되풀이했다.

마음을 다지고도 망설이길 수없이 되풀이할 만큼 내가 아름이를 어려워하다니 놀라웠다. 아름이와 내가 가깝게 지낸 적이 있는지조차 헷갈렸다. 아름이와 나는 친구가 아니라 그냥 밥을 함께 먹는 사이일 뿐이었던가? 오후 내내 머리카락이 한 움큼이나 빠지도록 생각을 굴렸지만 저녁 먹을 때가 다가오도록 어떤 쪽으로도 마음을 굳히지 못했다.

어영부영 저녁을 먹었고, 저녁밥을 먹을 때도 점심과 같은 일이 벌어졌다. 경주는 바짝 붙어서 나를 따라왔고 나는 여전히 빵순이 바로 앞에 자리를 잡았다. 이번에는 걸어가면서 일부러 뒤를 쳐다봤다. 윤지는 내 눈길과 마주치자 얼른 고개를 돌렸다. 혜나는 처음부터 모른 척했고, 다미는 나를 한참 노려보다가 눈길을 확 돌렸다. 아름이는 무덤덤하게 나를 보더니 아무렇지 않게 내 뒤를 따르지 않고 애들을 이끌고 다른 자리를 찾았다.

아름이는 나와 가장 먼 곳에 자리를 잡았다. 그쪽을 쳐다보지 않으려고 했지만 자꾸 눈길이 갔다. 마음이 흔들렸다. 식판을 들고 저 자리로 갈까? 내겐 경주보다 다미와 윤지가 훨씬 좋은 친구다. 다미와 윤지는 나를 참으로 아낀다. 아름이와 혜나는 알고 지내는 사이일 뿐이지만, 윤지와 다미는 내 진짜 친구다. 윤지와 다미를 잃고 싶지 않았다. 내가 가면 웃으며 받아줄까? 다른 데로 가라고 차갑게 몰아내면 어떻게 하지? 설마 그러진 않겠지?

경주는 고개를 푹 숙인 채 내 눈치만 봤다. 불쌍했다. 윤지 말처럼 슬퍼 보였다. 경주가 왜 이런 힘겨움을 겪어야 한단 말인가? 밥 먹는 일이 뭐라고. 이따위 밥이 뭐라고, 이런 힘겨움과 슬픔을 짊어져야 한단 말인가? 먹고 싶지 않았다. 자리를 옮기고 싶지도 않았다. 그때그때 마음 맞는 애들끼리 어울려 앉아 먹으면 되지, 다른 애들은 아예 몰아내고 몇몇 어울리는 애들끼리만 무리지어 먹는 짓거리가 못마땅했다. 갑자기 애들이 모두 낯설게 느껴졌다.

식판 위에 담긴 밥과 반찬, 국을 봤다. 역겨웠다. 메추리알멸치볶음, 이젠 양계장에서 메추리까지 키우나 보다. 갑자기 맛없어진

김치는 바다를 건너온 고춧가루와 배추를 쓰지 않았을까? 밥에 브로콜리가 들었다. 브로콜리는 초장에 찍어 먹어야 맛있는데 요리하는 사람이 나보다도 모를까? 하루가 멀다 하고 나오는 된장국도 지겹다 못해 토가 나올 듯했다. 고구마튀김에 기름기가 좔좔 흘렀다. 헛구역질이 나왔다. 입을 막았다. 정말 넘어올 듯했다. 나는 빠르게 몸을 일으켰다. 식당에서 토할 수는 없었다. 음식쓰레기통에 가기까지 헛구역질이 멈추지 않고 나왔다. 헛구역질이 나올 때마다 움찔움찔 멈추며 숨을 들이켰다. 음식쓰레기통을 쳐다보기도 힘들었다. 음식쓰레기통을 보면 진짜 토할지도 모른다는 생각이 들었다. 고개를 돌리고 식판에 놓인 먹을거리를 그대로 부어 버렸다. 보지 않고 버려선지 음식찌꺼기가 바닥으로 많이 떨어졌다. 재빨리 눈길을 돌렸다. 숟가락과 젓가락을 집어던지듯 통에 버렸다.

그래도 헛구역질이 멈추지 않았다. 식당 문을 나서는데 누군가 내 손목을 잡았다. 보지도 않고 뿌리쳤다. 다시 몇 걸음 가는데 또 누가 내 손목을 잡았다. 부아가 치밀었다. 팔을 있는 힘껏 빼냈다. 하마터면 욕이 튀어나올 뻔했다.

"야, 김지민! 너 이 따위로 굴래?"

꼴도 보기 싫은 사람이었다.

"학교 식당 먹을거리가 토가 나올 만큼 싫어? 내 앞에서 보란 듯이 날 깔아뭉개? 한 숟가락도 뜨지 않고 점심때도 버리고, 저녁 때도 버려? 학생이 할 짓이야?"

붉은 천을 보고 성을 내는 한 마리 황소가 내 눈앞에 있었다. 뿔이 나고 콧김까지 뿜어내면 딱 황소였다. 내가 혜나라면 아주 웃긴 황소를 그렸을 텐데.

"그리고 내가 불렀는데 왜 못 들은 척해. 이 학교 애들은 도통 싸가지가 없어. 선생님이 부르는데 대꾸도 안 하고 못 들은 척 도망을 쳐? 너희 눈에는 내가 선생님으로 안 보이지? 수업을 해야만 선생님이 아니야! 영양사도 선생님이야."

듣기 싫었다. 헛구역질이 또 나왔다. 손으로 입을 재빨리 막았다.

"이게! 너… 나 깔보니? 내 앞에서 헛구역질을 해! 학교 식당 밥과 반찬이 헛구역질 나올 만큼 엉망이야?"

뭐라고 따지고 싶었지만 따질 힘도 없었다. 토하고 싶었다. 뱃속을 몽땅 비워 내고 싶었다. 쓴 물이라도 내뱉어야 속이 풀릴 듯했다.

"너 따라와!"

빵순이는 내 손목을 거칠게 잡더니 나를 교무실 쪽으로 끌고 갔다. 손을 빼내려고 힘을 주다 식당 쪽을 설핏 봤다. 식당 문 앞에 서서 나를 보는 무수한 학생들이 보였다. 수많은 눈빛 사이에서 아주 익숙한 눈빛을 보았다. 보았다기보다는 느꼈다가 더 어울릴지도 모르겠다. 그만큼 짧았다. 아주 짧았지만 틀림없었다. 아름이었다. 아름이가 무덤덤한 얼굴로 무리에 섞여서 나를 보았다. 아주 낯설었다. 구경꾼 얼굴이었고, 처음 보는 얼굴처럼 느껴졌다. 그렇구나! 너는 내 친구가 아니었어. 너는 너만 잘났다고 우쭐거리는 그저 그런 애였어. 피식 비웃음이 나왔다. 아름이가 내 비웃음을 보았기를 바랐다.

빵순이는 나를 거칠게 끌었다. 끌려가는 내내 연신 헛구역질이 나왔다. 헛구역질을 참으려 애쓰는 사이에 담임이 눈앞에 보였다. 문득 선아 생각이 났다.

'얼마 전에는 선아가 여기에 섰는데, 이제는 내가 여기에 서는구나. 그때 선아를 도우려 나서지 않은 벌을 받나 보다.'

빵순이는 선아를 야단칠 때보다 훨씬 더 심하게 나를 깎아내렸다. 담임은 선아가 앞에 섰을 때와 똑같은 낱말을 내뱉었다. 나는 잘못했다고 말하지 않았다. 재빨리 잘못했다고 말하고 벗어나고 싶었지만 그러지 못했다. 구역질 때문이었다. 구역질이 올라와 입을 열 수가 없었다.

내가 아무 말도 하지 않고 버티니 야단은 더 심해졌다. 그때 교감이 담임을 불렀다. 담임은 빵순이에게 '따끔하게 혼을 낼 테니 마음푸시라'고 하며 교무실 밖으로 나가게 했다. 교무실 밖에서 나를 보는 여러 애들이 보였다. 내가 선아를 보았듯이 저들도 나를 보겠지. 그리고 아무도 나를 위해 나서지 않겠지. 토가 밀려나왔다. 이번엔 진짜였다. 진짜 나올 듯했다. 입을 틀어막았다. 교감이 담임에게 무언가 시켰고, 담임은 교감이 시킨 일을 해야 했다.

"교실에 가 있어. 이따가 내가 부르면 다시 와."

나는 담임 말이 떨어지기 무섭게 입을 틀어막고 교무실 밖으로 튀어나왔다. 교복 무더기를 밀치며 화장실로 뛰었다. 누군가 나를 뒤쫓아 오는 발소리가 들렸다. 몇 발작만 뛰면 화장실인데 쫓아오던 발소리가 내 어깨를 붙잡았다.

"지민아! 괜찮아?"

경주였다.

나는 경주 손을 뿌리쳤다. 또다시 토가 올라왔다. 쓴 물이 나왔다.

"속상한 마음 알아. 그리고 이제 나랑 먹자. 나와 둘이 먹으면 되잖아."

뭐라 하고 싶었지만 입 밖으로 뭐가 튀어 나올까 봐 입을 틀어막았다.

"나와 같이 지내자. 나랑 먹자. 응?"

토가 목구멍까지 밀려왔다.

"그만해! 됐으니까 꺼져!"

나는 확~ 소리를 질렀다. 더는 참을 수 없었다. 화장실로 뛰어

들어가 변기에 얼굴을 박았다. 쓴 물이 입 밖으로 쏟아져 나왔다. 토하고 난 뒤에도 속이 답답했다. 시원하게 토해 버리고 싶은데 노란 물만 나왔다. 점심을 굶은 탓이었다. 속이 뒤틀렸다. 괴로웠다. 죽고 싶을 만큼 아팠다. 수돗물을 마셨다. 곧바로 토가 올라왔다. 이번엔 시원했다. 속이 가라앉았다. 변기 뚜껑을 덮고 그 위에 앉았다. 내가 토한 쓴 물 한 방울이 보였다. 화장실 바닥에 딱 붙어서 '내가 누구 뱃속에 있던 물인 줄 아니?' 하며 묻는 듯했다. 이 노란 방울이 내가 짊어져야 할 짐이었을까? 윤지가 한 말이 옳았을까? 나는 내 깜냥을 넘어서는 일을 벌였을까? 저 노란 방울이 내 보잘것없음을 드러냈나? 두 눈에서 뜨거운 물이 흘렀다. 눈물 방울이 노란 방울 옆에 떨어졌다. 다행이 눈물방울은 노란색이 아니었다. 그때 스마트폰에서 문자가 왔다는 소리가 들렸다. 눈물을 흘리면서도 스마트폰을 꺼냈다. 눈이 흐릿해서 문자가 잘 보이지 않았다. 눈물을 닦았다. 낯선 낱말 몇 개가 나타났다.

'이제 우린 너랑 같이 밥 안 먹어. 같이 밥 먹을 생각 마.'

아름이가 보낸 문자였다. '우리'란 낱말이 몹시 거슬렸다. 언제 너와 내가 '우리'인 적 있었던가? 눈물이 멈췄다. 나는 망설이지 않고 문자를 보냈다.

'나도 이제 너희랑 같이 밥 안 먹어. 나랑 같이 밥 먹을 생각 마.'

문자를 보내고 나니 속이 가라앉았다. 아픔이 멀어지고 야릇한 기쁨이 몰려왔다. 내가 정말 하고 싶은 말을 거리낌 없이 했을 때 찾아오는 짜릿함이 이런 느낌이구나 싶었다. 문을 열고 나와 화장실 거울 앞에 섰다. 퉁퉁 부은 눈을 한 여학생이 보였다. 얼굴도 엉망이었다. 얼굴을 씻었다. 얼굴에 묻은 물기가 그대로 흘러 옷을 적셨다. 물이 흐르는 얼굴을 닦지 않고 그냥 가만히 봤다. 거울 속 여학생이 살포시 웃었다. 웃는 얼굴이 참 따스했다. 그 어떤 때보다 예뻤다.

잘했어. 김지민! 잘했어. 내가 짊어져야 할 짐이 노란 방울 하나라면 기꺼이 짊어져. 그까짓 노란 방울이라면 아무렇지도 않아. 내 깜냥이 그쯤은 된다고. 거울 속 여학생이 밝게 웃었다.

11 혼자 먹는 빵

"엄마 나 빵 사게 돈 좀 줘."

집에서 학교까지 거리는 얼마 되지 않는다. 걸어서 10분도 안 걸린다. 그 사이에 빵집이 하나 있다.

"점심 먹기 싫어서 그래."

엄마가 내 머리를 만졌다.

"너 어디 아프니?"

"아프지 않아. 그냥 점심 먹기 싫어서 그렇다니까."

"그래서 하는 말이야. 네 입에서 먹기 싫다는 말이 나오다니 해가 서쪽에서 뜰 일이잖아."

"그래, 해가 서쪽에서 떴어. 밖에 봐. 해가 서쪽에서 떴지?"

"너 진짜 어디 안 아프니?"

나는 고개를 절레절레 흔들었다.

"따지지 말고, 그냥 주면 안 돼?"

엄마는 지갑에서 만 원을 꺼냈다.

"5천 원이면 되는데."

"맛있는 빵 사먹어."

"고마워."

"네가 엄마한테 고맙다고 하다니, 정말로 뭔 일이 생겼네."

"아이참, 엄마는! 딸이 엄마한테 고맙다고 말도 못해."

나는 살짝 짜증을 내며 말했다.

"안 하던 짓을 하니까 그렇지. 너 진짜 안 아프지?"

"어유, 튼튼합니다. 어머니! 그동안 많이 먹어서 지방과 단백질을 몸 곳곳에 쌓아두었습니다. 조금 안 먹었다고 아프면 더 웃기지요."

"흠~! 아무래도 뭔 일 있어."

"엄마 그만해. 아무튼 만 원 고마워. 잘 쓸게."

문을 열고 나가는데 엄마가 하는 걱정이 또 들렸다.

"아프면 숨기지 말고 말해."

'마음이 너무 아파!' 하고 말하고 싶었지만 꾹 참았다.

나는 곧바로 빵집으로 갔다. 이른 아침인데도 빵집은 사람들로 부산했다. 이제 막 나온 빵도 제법 보였다. 점심때 먹을 빵을 고르려는데 마음이 옛날 같지 않았다. 끌리는 빵이 없었다. 옛날에는 끌리는 빵이 너무 많아서 고르기가 힘들었는데, 먹고 싶었지만 돈이 모자라 참을 때마다 가슴이 찢어지는 듯했는데, 이제는 먹고 싶은 빵이 보이지 않다니 엄마 말대로 큰일이긴 큰일이다.

엄마에게 만 원이나 받았는데 만 원 어치 빵을 살 마음이 생기지 않았다. 몇 번이나 빵집을 돌고 돌았다. 마지막에 고른 빵은 천백 원짜리였다. 거기에 마실거리 하나를 샀다. 오늘 점심이다. 가방에 넣었다. 혼자서 빵을 먹을 생각을 하니 씁쓸했다. 내 입을 거쳐 나온 노란 방울 무게와 견줘봤다. 노란 방울이 더 무거울까, 점심으로 혼자 빵을 먹을 때 느끼는 씁쓸함이 더 무거울까? 잠시 헤아려봤는데 노란 방울이 조금은 더 무겁다는 생각이 들었다.

'그냥 먹으면 되지 뭐. 군것질로 혼자서 빵 많이 먹었잖아. 혼자 먹으면 더 맛있겠지.'

나름 나를 달래며 학교로 갔다.

교실에 들어서는데 아무도 아는 척을 안 했다. 눈조차 마주치지 않았다. 하루 만에 이렇게 달라지다니 놀라웠다. 아니 놀랍기보다는 두려웠다. 자리에 앉아서 '아침책읽기시간'에 읽을 책을 꺼냈다. 우리나라에 잘 알려지지 않은 나라 사람들이 먹는 먹을거리를 알려주는 책이었다. '아침책읽기시간'에는 책을 읽어야 하지만 나는 책을 읽지는 않고 친구들과 노닥거리고 장난치느라 바빴다.

그런데 외톨이가 되니 할 일이 없어서 저절로 책에 눈이 갔다. 책도 잘 읽혔다.

'온 누리를 돌아다니며 맛있는 먹을거리도 먹고, 이런 글도 쓰고 다니면 참 재밌겠네. 나도 이런 일을 하며 살까?'

책을 읽으며 잠시 내가 하고 싶을 일을 생각했다. 괜찮아 보였다. 이런 책을 더 많이 읽고 어떻게 하면 이렇게 살 수 있는지 알아보기로 마음먹었다.

먹는 생각도 안 하고, 다른 이들에게 마음 쓰기를 멈추니 수업 때 마음 모으기도 더 잘됐다. 선생님 말씀도 훨씬 잘 들리고, 말씀을 간추려서 글로 옮기기도 쉬웠다. 수업을 마치는데 뿌듯했다. 쉬는 시간이면 수다를 떨고 장난을 치고 먹는 이야기를 했는데, 하지 않으니 시간이 많이 남았다. 혼자 화장실에 다녀왔다. 옛날에는 늘 화장실에 갈 때 일부러 다른 애들을 이끌고 함께 갔는데 혼자 다녀오니 거추장스럽지 않고 홀가분했다. 앞 수업을 다시 되짚어 보기도 하고, 다음 수업에서 배울 과목을 미리 살피기도 했다. 학교에 다닌 뒤 처음으로 쉬는 시간 10분이 얼마나 긴지 알았다. 경주는 내내 내 눈치를 살폈지만 나는 내가 지닌 에너지를 단한 줌도 경주에게 쓰지 않았다.

점심때가 왔다. 예전 같으면 여학생들은 남에게 뒤질세라 식당으로 뛰어가기 바빴고, 밥 먹을 때까지 40분이 남았음에도 앞줄을 차지하기 위한 다툼을 벌였다. 새치기를 하면 투덜거렸고, 심하면 욕이 날아다녔다. 그러나 이제 그런 일은 벌어지지 않는다. 점심 때가 와도 다들 느긋하게 앉아서 별 뜻 없는 얘기를 나누거나, 밖 으로 놀러 나갔다.

나는 '아침책읽기시간'에 봤던 책을 읽었다. 내가 모르는 먹을 거리, 마실거리가 참 많았다. 책을 읽으며, 먹는 일이 한 사회에서 얼마나 큰 자리를 차지하는지 깊이 생각했다. 잠시 내 둘레를 살 폈고, 우리나라를 떠올렸다.

텔레비전만 켜면 먹을거리, 마실거리가 넘쳐난다. 내가 더 맛 있노라고, 나를 배에 집어넣으면 기쁨이 찾아온다고 손짓을 한다. 텔레비전 보고 먹고 싶은 마음이 일어나 자주 밖에 나가 밥을 먹 고, 밤참을 먹고, 엄마를 졸랐다. 싫은 소리를 잘 못하는 엄마는 늘 내 뜻을 들어 주고, 그 덕분에 나는 오동통한 몸매에 먹기를 즐기 는 여고생으로 자랐다. 내가 무엇 때문에 그렇게 먹을거리에 삶을 온통 걸었을까? 왜 우리나라는 텔레비전만 켜면 먹을거리를 알려 주는 방송이 넘쳐나고, 거리마다 식당이 줄지어 섰을까?

말소리가 들리지 않았다. 책을 덮었다. 교실엔 아무도 없었다. 가방에서 빵을 꺼냈다. 마실거리도 꺼냈다. 빵 봉지를 뜯었다. 그 저 그런 빵 냄새가 났다. 한입 물었다. 단팥이 들었는데도 달콤하 기보다는 퍽퍽했다. 단팥만 골라서 맛을 봤다. 틀림없이 단맛인데도 단맛이 별로 느껴지지 않았다. 내 혀가 어떻게 되었나? 마실거리를 한입 들이켰다. 퍽퍽함이 가셨다. 다시 빵을 씹었다. 텁텁했다. 맛이 없었다. 억지로 꾸역꾸역 씹어 삼켰다. 목이 막히면 마실거리를 들이 부어서 빵을 배로 밀어 넣었다. 빵 봉지와 빈 병을 쓰레기통에 버렸다. 다시 자리에 앉았다. 배에 빵을 채워 넣긴 했는데 하나도 먹지 않은 느낌이었다. 배가 더부룩했다. 괜히 먹었나 싶었다.

오후 수업도 오전과 비슷했다. 공부가 아주 잘됐다. 쉬는 시간엔 복습을 하고 예습을 했다. 무얼 하든 시간이 넉넉했다. 마지막 보충수업까지 마음 모으기가 잘됐다. 하루를 되돌아보니 흐뭇했다. 이렇게만 공부하면 다가오는 기말고사에서 성적이 엄청 오르지 않을까 싶었다. 엄마가 좋아하겠지. 아빠도 흐뭇하시겠지. 문득 오늘 나와 이야기를 나눈 사람이 누가 있었나 생각했는데, 한 명도 떠오르지 않았다. 쉬는 시간에 아무도 나에게 다가오지 않았다. 눈길도 마주치지 않았고, 내가 움직이면 다들 나를 피했다. 경주만 연신 내 눈치를 봤다. 내가 왕따 당하나? 이게 왕따야? 헛웃음이 나왔다. 이런 왕따는 노란 방울보다 훨씬 가벼운 짐이었다.

야자는 안 하기로 했다. 저녁밥 먹을 돈을 이미 냈지만 먹고 싶지 않았다. 담임에게 몸이 아프다고 말하고 야자에서 빠졌다. 느긋하게 거실에 누워 텔레비전을 보던 엄마는 해 떠 있을 때 나타난 딸을 보고 깜짝 놀랐다.

"엄마는 딸을 보고 왜 그렇게 놀라?"

"너라면 안 놀라겠니? 너 진짜 어디 아파?"

나는 가방을 소파 옆에 얌전히 놓고 소파에 털썩 앉았다.

"너 어째 힘이 하나도 없어 보인다?"

"말할 힘도 없어. 배고파. 밥 줘."

"응, 응, 알았어."

엄마는 서둘러 부엌으로 갔다. 텔레비전에선 잘생긴 남자들이 나와 엄청난 가르침을 준다는 투로 먹음직스런 먹을거리를 어떻게 만드는지 알려주었다. 나는 소파에 비스듬히 누워 앉아 멍하니 텔레비전을 봤다. 예전 같으면 침이 고이고, 먹고 싶다는 생각이 치솟았을 텐데, 아무런 생각이 들지 않았다. 잘생긴 남자가 만든 먹을거리를 예쁜 여자가 먹었다. 여자 얼굴에 기쁨과 놀라움이 피어올랐다. 태어나서 지금까지 이런 먹을거리는 처음이라는 얼굴이었다. 입에서 나오는 낱말은 놀라움과 기쁨이 넘쳐났다.

"이런 부드러움은 처음이에요. 혀를 살살 녹이네요."

진짜 처음일까? 저 여자는 부드러운 먹을거리는 아예 먹어 보지 못했을까? 방송이라서 그럴 듯하게 보이려고 저렇게 말할까? 잘생긴 남자는 흐뭇하게 웃으며 살짝 거들먹거렸다.

텔레비전을 보는 내내 무언가 낯선 느낌이 울컥울컥 올라왔다.

멋쩍음, 꿀꿀함, 억지스러움, 답답함, 떳떳하지 못함 등등. 불끈불끈 올라오는 느낌에 머리가 어지러운데, 이번엔 젊은 남자가 나와 무언가를 자르고 볶았다. 멍했다. 젊은 남자가 한참 멋을 부리며 칼질을 할 때 엄마가 나를 불렀다.

"지민아, 밥 먹어."

나는 밥상으로 갔다. 이 시간에 집에서 먹는 밥이 얼마만인지 모르겠다.

"리모컨은 놓고 와야지."

오른손을 봤다. 리모컨을 쥔 오른손이 낯설었다. 내 손이 아닌 듯싶었다. 리모컨을 소파에 올려놓고 다시 밥상으로 갔다.

엄마가 직접 담근 오이지, 꽈리고추가 들어간 멸치볶음, 어제 담근 듯 신선한 김치, 돼지고기볶음, 소고기무국, 그리고 잡곡밥이었다. 학교급식이 이렇게 나온다면 내가 겪었던 괴로움도 없었을까?

"안 먹고 뭐해?"

"응, 아! 알았어. 맛있겠다."

소고기무국을 한술 떴다. 소고기 육즙과 무에서 나온 즙이 알맞게 섞였다. 소금 간도 알맞았다. 맛이 깊다. 밥을 한술 떴다. 밥알이 탱글탱글했다. 밥을 씹는데 단맛이 났다. 멸치볶음을 한 젓가락 먹었다. 달짝지근함과 짭짤함이 알맞게 버무려지며 입맛을 돋

우었다.

"꿈꾸는 맛이야."

"맛있게 먹으니 좋네. 이래야 너답지."

그래 잘 먹는 내가 진짜 나다. 한 수저, 한 젓가락이 맛있었다. 밥을 반쯤 비웠는데 갑자기 더 먹고 싶지 않았다. 밥은 맛있는데, 반찬은 더할 나위 없이 좋은데, 국물은 저절로 입맛을 돋우는데, 숟가락을 놓았다.

"왜? 맛없어?"

"아니, 맛있어. 미칠 만큼 맛있어."

"근데 왜 그만 먹어? 너답지 않게."

물론 나답지 않았다. 옛날 나라면 이렇게 훌륭한 밥상을 앞에 두고 멈추지 않을 뿐더러, 두 그릇이라도 뚝딱 먹었다. 그런데 먹고 싶지 않았다. 무지 맛있는데도 더 먹을 마음이 생기지 않았다.

"그만 먹을래. 엄마 고마워. 정말 맛있어. 맛없어서가 아니야. 배불러. 진짜로."

나는 엄마가 혹시나 속상할까 봐 앞뒤 없이 주절거렸다.

"괜찮아. 지쳐 보이는데 쉬어."

"아냐, 엄마. 엄마가 부엌일 하느라 힘들었는데 설거지는 내가 할게."

"너 설마 우리 딸 탈을 뒤집어 쓴 여우니?"

"에이, 엄마는 참. 나 엄마 딸 김지민 맞거든."

"누가 뭐래? 알았어. 설거지 해. 애도 참."

남은 그릇을 김치통에 담았다. 오이지도 반찬통에 담았다. 멸치볶음도 담았다. 국과 밥, 돼지고기는 아깝지만 음식쓰레기통에 버렸다. 음식쓰레기통을 열 때 구역질이 날까 걱정했지만 구역질이 나지는 않았다. 느릿느릿 설거지를 했다. 엄마가 깨끗하게 치워놓은 부엌에 물이 튈까 봐 그릇을 살살 다뤘다. 느릿느릿 했음에도 설거지는 금세 끝났다. 엄마는 소파에 앉아 텔레비전을 보면서도 나를 종종 쳐다봤다.

수건으로 손을 닦고 방에 들어가 옷을 갈아입었다. 화장실에서 이를 닦고 손과 발을 씻고 얼굴도 씻었다. 다시 거실로 왔는데 엄마는 여전히 드라마에 마음을 빼앗긴 채였다. 엄마는 넋을 놓고 드라마를 보았다. 몇 분 전까지 딸을 걱정하던 그 엄마가 맞나 싶었다.

"어머머, 어째! 아이구, 이런, 저런 못된 놈. 그래, 되갚아야지."

드라마에 푹 빠져서 내 일인 듯 걱정하는 아줌마, 그런 사람이 바로 우리 엄마였다. 한참 서서 엄마를 보는데, 뭔가 낌새를 알아챈 엄마가 날 쳐다봤다.

"어, 씻었어? 앉아. 무지무지 재밌어."

나는 엄마 옆에 앉았다.

"어떤 드라마인지 얘기해 줄까?"

"아니야. 그냥 볼래."

엄마랑 나란히 앉아 드라마를 봤다. 몇 분 보지 않았는데도 드라마가 어떻게 흘러가는지 알 만했다. 나도 모르게 푹 빠져서 드라마를 봤다. 드라마가 끝나자마자 엄마는 재빨리 채널을 바꿨다. 또 다른 드라마였다.

"또 드라마야?"

"응."

"참, 엄마도 드라마 엄청 보는구나."

"얼마나 재밌는데. 참, 너 출출하지. 밤참해 줄까?"

"됐어. 밥 먹은 지 얼마 되지도 않았는데."

"뭔가 잘못됐어. 우리 딸은 이럴 때 미친 듯이 좋아했는데."

"나 엄마 딸 맞거든. 드라마나 보자."

또다시 엄마와 함께 드라마를 봤다. 몇 분 지나지 않아 줄거리를 대충 알아냈다. 앞에 본 드라마를 다시 보는 느낌마저 들었다. 그럼에도 푹 빠져서 봤다.

"어머, 저 여자 왜 저래?"

"내 말이. 엄청나게 무서운 여자야."

"어머머, 저래도 돼? 사람이 어쩜?"

"내 말이. 그런데 저런 줄도 모르고 남자들은 예쁘다고 히히 거려요.”

“하여튼 남자들이란.”

우린 짝짜꿍이 되어 드라마에 푹 빠져들었다.

“다녀왔습니다.”

학원 끝나고 늦게 집에 돌아온 남동생 준호였다.

“어, 누나 이 시간에 왜 집에 있어? 야자 아니야?”

“야자 뺐어. 앞으로 집에 빨리 오려고.”

“뭐야? 고등학생이 야자도 안 하고. 대학 안 갈 거야?”

“야자 안 한다고 대학 안 가냐? 잔말 말고 씻어.”

“쌀쌀맞긴. 엄마, 나 배고파. 밥 줘.”

엄마는 드라마를 보다 말고 일어서려고 했다.

“엄마, 보던 드라마나 마저 보자. 쟤 조금 늦게 먹는다고 안 죽
어.”

“어, 누나가 왜 그래? 어떤 일보다 먼저 먹는 일부터 하라며?”

“너, 빨리 안 씻어.”

나는 버럭 소리를 질렀다.

내가 소리를 지르자 준호는 움찔하더니 도망쳤다.

“엄마, 우리 누나 맞아요? 왜 저래요?”

“나도 몰라. 엄마도 내 딸이 아니란 생각이 자꾸 들어.”

동생이 옷 갈아입고 씻는 사이에 엄마와 나는 드라마를 마저 봤

다. 동생이 씻고 나온 뒤에도 드라마가 끝나지 않아서 동생은 고픈 배를 움켜쥐고 조금 더 기다려야 했다.

"누나, 뺏어 먹지 마."

동생은 밥상에 앉아서 나를 노려보며 말했다.

"그럴 일 없으니 걱정 마셔."

"말만."

나는 대꾸하지 않았다.

동생은 엄마가 차려준 밥상을 맛있게 먹었다. 나는 리모컨을 하릴없이 눌렀다. 끌리는 방송이 없었다. 동생은 나를 몇 번 쳐다보다가 내가 뺏을 기미를 보이지 않자 마음 놓고 잘 먹었다. 밥을 다 먹은 동생이 곧바로 일어나 방으로 가려고 했다.

"야, 엄마가 네 종이냐. 네가 먹은 밥상은 네가 치워라."

"아니야, 아니야. 됐어. 공부하느라 힘들었는데."

동생은 엄마 말을 듣고 그냥 가려했지만 내가 못 가게 했다.

"엄마, 안 돼. 어릴 때부터 버릇을 잘 들여야지. 차려주면 먹기나 하는 남자는 나중에 여자들이 안 좋아해. 너, 빨리 설거지해. 먹었으면 치워야지."

동생은 내가 무섭게 몰아붙이자 하는 수 없이 설거지를 했다. 엄마는 동생이 하는 설거지가 영 미덥지 않은지 옆에서 쭉 지켜봤다.

"엄마 그만 걱정하고 이리 와. 혹시 재미있는 드라마 또 없어."

"왜 없겠어. 보고 싶니?"

"응."

엄마는 리모컨을 돌리더니 다시보기에서 드라마 하나를 골라 냈다. 나와 엄마는 또다시 드라마에 빠져들었다. 그 사이에 동생은 설거지를 마치고 방으로 들어갔다. 아빠는 드라마가 끝날 때까지 집에 들어오지 않았다.

"아빠가 늦네."

"오늘 회식이래."

"어휴, 아빠도 참 힘들게 산다."

"이제 엄마도 들어가 쉴게. 너도 들어가라."

엄마는 텔레비전을 끄고 일어났다.

"엄마."

나는 엄마를 꼭 껴안았다.

엄마는 아무 말도 하지 않았다. 말없이 나를 꼭 껴안아 주었다. 품이 참 따뜻했다.

"엄마는 나 믿어?"

"그럼 믿지."

"중3 때 그렇게 못미더운 일을 벌였는데도?"

"그래도 믿어. 넌 사람을 아꼈을 뿐이야."

"고마워. 엄마."

"그래. 엄마도 고맙다."

"엄마가 뭘 고마워해. 내가 뭘 했다고."

"내 딸로 태어나 줘서 고맙고. 엄마를 안아 줘서 고맙지."

"엄마도 참!"

엉킨 마음이 봄눈처럼 녹아내렸다.

"잘 자. 엄마 때문에 힘겨움이 많이 줄었어."

나는 몸을 돌려 내 방으로 갔다. 방문을 막 닫으려는데 엄마 말이 들렸다.

"힘들면 엄마에게 얘기해. 알았지?"

"알았어. 걱정 마."

방문을 닫았다. 약간 지저분한 내 방이 푸근했다. 침대에 누워 낮에 봤던 책을 마저 읽었다. 약간 배가 고팠다. 그러나 먹고 싶은 마음이 생기지는 않았다. 배고픈 채로 있으니 더 좋았다. 노래를 듣고 싶었다. 스마트폰을 뒤적거리며 마음이 가는 대로 이런저런 노래를 골라 들었다. 그러다 들린 한 노래에 온몸이 굳어 버렸다.

♬ ♪ 눈길이 없는 곳 박수갈채 없는 곳

그곳에 홀로 서 있을 때

나만 오롯이 나를 바라보는 곳

거기서 웃을 수 있을 때

난 그런 나를 믿어요

날 사랑해 줄 수 있는 내 모습을 ♬ ♩

『얼음꽃』(아이유, 김연아) 노래에서

눈길 하나 받지 못한 채, 박수갈채는커녕 외톨이가 되어 버린 채, 오로지 홀로 선 사람, 딱 나다. 홀로 서서 오롯이 나를 본다. 나는 웃는가? 나는 외톨이인 나를 사랑하는가? 외톨이가 되어 괴로워하는 나를 나는 믿는가? 아무도 없는 곳, 오롯이 내가 나를 바라보는 내 방에서 나는 나를 만난다. 힘도 없고, 씩씩하지도 못하고, 어려움 앞에 어찌할 바를 모르는, 그런데도 어떻게든 해 보려는 나, 그런 나를 나는 사랑하는가? 엄마가 나를 사랑하듯 나는 나를 사랑하는가?

하염없이 눈물이 흘렀다. 울음이 터져 나오지는 않았지만 눈물은 그치지 않았다. 닦아도, 닦아도 멈추지 않았다. 베개가 축축했다. 울다가, 울다가 이불도 덮지 않은 채 나는 눈물에 지쳐 잠이 들었다. 눈을 뜨니 아침이었다. 불은 꺼졌고, 축축하게 젖은 베개가 아닌 뽀송뽀송한 베개가 내 머리 밑에 있었다. 발끝에서 어깨까지 나를 덮어준 이불 덕택에 따뜻했다. 내가 잠든 뒤 엄마가 들어와서 날 챙겨 주신 듯했다. 아니면 아빠일지도 모른다.

기뻤다. 엄마아빠 딸로 태어나 사는 삶이 고마웠다. 거울을 보았다. 눈두덩이 호빵처럼 부었다. 얼음과 녹차를 써서 부은 눈을 되돌린다고 한참 호들갑을 떨었다. 살짝 가라앉은 눈두덩을 어루만지며 간밤에 들었던 노래를 흥얼거렸다.

"…♬ 눈길이 없는 곳 박수갈채 없는 곳, 그곳에 홀로 서 있을 때, 나만 오롯이 나를 바라보는 곳, 거기서 웃을 수 있을 때, 난 그런 나를 믿어요, 날 사랑해 줄 수 있는 내 모습을 …♪"

웃을 일은 없었지만 일부러 웃었다. 맺혔던 응어리가 조금 풀렸다.

"그래, 홀로 있을 때 웃자. 홀로여도 괜찮잖아."

노래를 흥얼거릴 때마다 노랫말이 내게 힘을 주었다. 외로움을 이겨 내는 든든한 버팀목이 되었다. 힘들 때마다, 외로움이 슬그머니 나를 짓누를 때마다 노래를 흥얼거렸다. 내가 오롯이 나를 바라보는 곳에서 웃고, 믿고, 사랑하는 나를 떠올렸다.

그렇게 하루하루가 흘렀다. 아침에 엄마에게 빵 사먹을 돈을 타서, 빵을 사고, 점심은 혼자 교실에서 먹고, 쉬는 시간엔 복습과 예습을 하고, 짬이 나면 책을 읽었다. 보충수업이 끝나면 야자를 하지 않고 집으로 와서 밥을 먹은 뒤 엄마와 드라마를 보며 수다를 떨거나 숙제를 했다. 일주일을 그렇게 보냈다. 아무 일도 생기지 않았다. 아무도 나와 이야기를 나누지 않았고, 아무도 나와 마주 치려 하지 않았지만 외롭지도 괴롭지도 않았다. 경주도 점점 내 눈치를 보지 않았다. 어느 때부터인지 모르겠는데 쉬는 시간이면 화장실 다녀오고 나서 가만히 자리에 머물던 애가 자꾸 밖으로 나 갔다. 얼굴빛도 점점 환해졌다. 무슨 좋은 일이 생긴 듯했다. 잘됐 다. 이제 아예 마음을 끊어도 되니까.

말썽과 괴로움은 사라졌다. 딱 한 가지 걱정만 남았다.

"이런, 일주일에 3kg이나 빠졌어."

방구석에 놓인 저울에 몸을 얹었는데 살이 빠졌다. 태어나서 이 제까지 늘 몸무게와 나이는 함께 늘어왔기에 일주일 만에 줄어든 몸무게가 낯설었다.

"이걸 기뻐해야 하나, 슬퍼해야 하나!"

저울에서 내려왔는데 숫자가 깜박였다. 믿을 수 없는 숫자였 다. 외톨이여서 살이 빠졌으니 외톨이로 만들어 준 애들에게 고마 워해야 할까? 혜나가 줄어든 내 몸무게를 알았다면 뭐라고 했을 까? '지민! 짐~!' 했을까, 아니면 '지민 승~!' 했을까?

12 눈물로 끓인 조개탕

기말시험이 2주 앞으로 다가왔다. 나는 점심때가 되자마자 시험공부를 했다. 다른 때 같으면 시험공부를 하다가도 금세 좀이 쑤셔서 딴짓을 했는데 외톨이가 돼서인지 몰라도 웬만해선 흐트러지지 않았다. 시험공부가 더할 나위 없이 잘됐다. 시간 가는 줄도 몰랐다. 시간이 많이 흐른 듯하여 시계를 보니 12시 45분이었다. 애들이 한참 밥 먹을 시간이다. 문제집을 둔 채 빵을 꺼냈다. 빵을 한입 베어 물고 문제를 풀고, 마실거리 한 번 마시고 문제를 풀었다. 빵 한 조각을 막 베어 물었는데 누군가 내 이름을 불렀다. 처음엔 잘못 들은 줄 알았다. 아니었다. 누가 내 이름을 불렀고, 어른 목소리였고, 내가 가장 듣기 싫어하는 목소리, 빵순이였다.

나는 고개도 들지 않았다. 빵은 입안에 있고, 문제를 풀던 손은 멈추었다. 눈동자는 어디에 둘지 몰라 쉼 없이 흔들렸다. 빵을 삼키려고 했지만 삼키지 못했다. 침도 나오지 않았다. 뱉어 내고 싶었지만 입이 열리지 않았다.

"너 요즘 왜 식당에 안 오니?"

말하지 않았다.

"식당에 오지 않고 이렇게 빵으로 점심을 때우니?"

말하지 않았다.

"빵 하나 먹고 배고프지 않아?"

말하지 않았다.

"너처럼 먹기 좋아하는 애가 빵 하나 먹고 공부가 되겠니?"

말하지 않았다. 더할 나위 없이 공부가 잘된다고, 잘돼서 미치겠다고 말하지 않았다.

"널 처음 봤을 때 깜짝 놀랐어. 어찌나 맛있게 먹는지 수백 명 사이에서도 눈에 확 띄었어."

말하지 않았다. 할 수만 있다면 당신 머릿속에서 나를 지워 버리고 싶다고 말하지 않았다.

"다른 사람은 몰라도 네가 내 앞에서 그렇게 나 들으라고 함부로 말할 때 정말 가슴 아팠어. 몹시 거슬리기도 했고. 아무리 그래도 그렇지 바로 앞에서 대놓고 나를 욕하다니, 부아가 치밀어 미치는 줄 알았어. 그렇게 맛있게 먹던 네가 어쩌면 그렇게 못되게 말하는지……, 너에게 뒤통수를 맞았단 생각밖에 안 들었어."

말하지 않았다. 뒤통수는 내가 맞았다고 말하지 않았다. 어떻게 그따위 먹을거리를 내놓고 먹으라고 하냐고 말하지 않았다. 닭을 기른다는 둥, 땅 속에서 기름이 발견되었다는 둥 하는 얘기가 학생들 사이에 떠도는지 아느냐고 말하지 않았다. 애들이 뒤에서 하는 말에 견주면 내 말은 점잖은 편이라고 말하지 않았다.

"특히 숟가락 하나 대지 않고 식판을 그냥 엎어 버린 날은 뜨거운 불이 치밀어 올랐어. 어떻게 보란 듯이 내 앞에서 그럴 수가 있니? 사람이 사람을 그렇게 깔아뭉개도 되니? 그게 너를 좋아하는 사람에게 할 짓이니?"

말하지 않았다. 당신이 하는 짓은 당신이 좋아하는 사람에게 할 짓이냐고 따지지 않았다. 당신은 당신 눈으로만 나를 보지만 내가 어떤 어려움을 겪는지 아느냐고, 아니 조금이라도 생각해 봤냐고 따지지 않았다. 내가 얼마나 힘들고 괴로운지 말하지 않았다. 당신 때문이 아니라 다른 일로 밥을 먹기 힘들다고 말하지 않았다.

"그날 저녁은 특히 노여웠어. 한 번은 그렇다 쳐도, 그 다음에도 그러다니. 내 생각을 조금이라도 했다면 그러면 안 돼. 아니 내 생각을 안 했더라도 그러면 안 돼. 사람이 할 짓이 아니야. 반이나 되는 먹을거리를 바닥에 버리고, 식판을 툭 던지고, 수저와 젓가락은 보란 듯이 집어던지고, 그런 못된 짓을 전교생 앞에서 하다니, 못됐어. 아주 못됐어."

말하지 않았다. 토가 나와 미칠 만큼 힘들었다고 말하지 않았다. 내가 무엇을 하는지 나조차 알 수 없었다고 말하지 않았다. 내 삶에서 가장 힘든 때였다고 말하지 않았다. 그렇게 힘든데도 어른인 당신을 생각하라는 말이 얼마나 얼토당토않은지 따지지 않았다.

"내가 불렀잖아. 그런데도 대꾸도 안 하고 도망치고. 끝까지 사과 한마디도 안 하고. 내 앞에서 역겹다는 듯 헛구역질이나 하고. 너는 어쩌면 그렇게 싸가지가 없니? 학생이 선생님께 어떻게 그런 짓을……. 내가 네 담임선생님이어도 그렇게 했을까?"

말하지 않았다. 토가 나오려는데 다른 사람 말이 들리겠냐고 말하지 않았다. 선생님이라면 어려움에 빠진 학생이 겪는 괴로움도 알지 못한 채 마구잡이로 다그치면 안 되지 않느냐고 따지지 않았다.

입안에 든 빵이 퍽퍽했다. 침 한 방울 나오지 않아 숨이 막힐 듯했다. 뱉어 내고 싶은데 입은 안 열렸다. 아니 안 열렸다기보다 싫은 사람 앞에서 빵을 뱉어 내는 모습을 보이기 싫었다. 눈동자는 손끝을 지나 연필심에 모아졌다. 잠시, 말이 없었다. 그리고 길고 긴 한숨이 흘러 나왔다.

"네가…… 네가 먹기에도…… 그렇게 학교 식당이…… 엉망이니?"

말이 무거웠다. 처음으로 참된 마음이 느껴졌다. 영양사로서 하기 힘든 말을 꺼내는 느낌이 들었다. '네' 하고 답할 뻔했다. 그래도 참았다. 말하고 싶지 않았다. 단 한마디도 내 목소리를 들려주고 싶지 않았다.

"너한테 말할 수는 없지만, 일이 있었어. 학생한테 할 말은 아니고, 아무튼 나도 아주 힘든 일을 겪었어. 휴~! 내가 뭔 말을 하는지."

밖에서 애들이 웅성거리는 소리가 들렸다. 영양사가 발길을 돌렸다. 조금 떨어진 곳에서 다시 말소리가 들렸다.

"나도 너처럼 먹기 좋아해서…영양사가 됐는데…학생들에게 맛있는 밥 해 먹이겠다고…그래서 영양사가 됐는데…어쩌다 이렇게 됐지…어쩌다가…….."

나에게 하는 말인지 혼자 하는 말인지 알 수가 없었다.

"다시, 다시 괜찮아지겠지. 다시, 괜찮아져야 해."

나는 머리를 들었다. 영양사와 눈빛이 마주쳤다. 내가 잘못 봤을까? 내가 마주한 두 눈이 촉촉한 물기로 젖은 듯 보였다. 마음이 흔들렸다. 무언가 말하고 싶었다. 그러나 참았다. 말하지 않겠어. 고개를 다시 숙였다. 말하지 않겠어. 속이 메스꺼웠다.

문이 열리고 영양사가 사라졌다. 잠시 뜸을 들인 뒤 애들이 말없이 들어왔다. 아무도 말하지 않았다. 저 소리 없음이 싫다. 눈치 보는 애들이 싫다. 메스꺼움이 심해지더니 토가 올라왔다. 입을 틀어막았다. 재빨리 일어나 화장실로 달려갔다. 달려가는데 배가 뒤틀리며 아파왔다. 두 손으로 입을 막고 화장실로 뛰어들었다. 변기를 붙잡고 빵을 뱉자마자 배가 뒤흔들리며 밖으로 무언가가 밀려 나왔다. 점심으로 먹은 빵과 마실거리를 모조리 게워냈다. 다 게워낸 뒤에도 몇 번이나 헛구역질을 했다. 쓴 물이 나왔다. 또다시 노란 물이다. 노란 물을 두어 번 뱉어 내자 속이 가라앉았다.

변기뚜껑 위에 앉아서 잠시 몸을 추스르는데 촉촉이 젖어 있던 영양사 눈빛이 자꾸 겹쳐져서 떠올랐다. 나도 모르게 작은 눈물방울이 흘러내렸다. 두 볼을 타고 입술에 와 닿았다. 짠맛이었다. 아주 알맞게 간을 한 짠맛이었다. 눈물을 받아 국을 끓이면 어떤 맛이 날까 잠시 생각했다. 눈물에 어울리는 양파와 매운 고추를 넣어야겠지. 눈물 맛을 잘 살려야 하니까 맑은 국물이 좋겠지. 무가 잘 어울리겠어. 눈물은 바닷물을 닮았으니 땅에서 나는 고기보다는 바다에서 나는 고기가 좋겠어. 눈물에 생선은 안 어울려. 눈물 하면 진주니까, 조개가 알맞네. 그래 조개탕이야. 눈물조개탕. 한 달에 한 그릇씩만 파는, 아니 한 해에 한 그릇씩만 파는 온누리에 하나뿐인 탕이 되겠지. 그런데 아까워서 팔고 싶을까?

또다시 눈물방울이 볼을 타고 흘렀다. 이번엔 입을 거치지 않고 스르르 바닥으로 떨어졌다. 일어났다. 어쨌든 오늘을 살아야 한다. 내일 어떻게 되더라도 오늘은 버텨야 한다. 힘들지만, 괴롭지만 이겨 내야 한다. 문을 열었다. 얼굴을 씻고 입을 헹구고 거울을 봤다. 웃고 싶지만 웃지 못하는 여학생이 보였다. 엄마가 끓여 주는 조개탕이 먹고 싶었다.

13 다시 찾은 밥상, 빼앗긴 내 자리

다음 날, 나는 여전히 빵 하나로 점심을 때웠다. 시험만 생각하
며 공부에 온 마음을 쏟았다. 한참 문제를 푸는데 애들이 시끌벅
적하게 들어왔다. 여느 때와 달리 유난히 시끄러웠다. 마음을 흐
트러뜨리지 않으려 했지만 자꾸 애들 소리가 귀에 들어왔다.

"와! 정말 맛있지 않냐?"

"나 미치는 줄."

"아니 이런 맛을 낼 줄 알면서 그동안 왜 그랬대?"

"순두부찌개 먹다가 돌아가시는 줄 알았어."

"어쩜, 완자가 그런 맛이 나다니."

"완자보다 마파두부 맛이 으뜸이었어."

"뭔 소리야 완자가 더 나왔다니까."

"야, 야, 다 그만두고 밥이 으뜸이었어. 그냥 흰밥인데 어쩜 그렇게 맛있냐? 쌀이 바뀌었을까? 밥솥이 바뀌었을까?"

"맞아. 밥이 정말 맛있긴 하더라."

"에이, 뭐라고 해도 으뜸은 김치였지. 미친 김치 아니냐? 어쩜 그리 맛있냐?"

"햐! 저녁은 얼마나 맛있을까? 그런데, 야! 저녁이 뭐지?"

"그러게. 요즘 김급식을 끊은 지 오래돼서. 한번 볼까?"

"하이라이스, 핫윙, 비엔나소세지조림, 만둣국, 그리고 깍두기. 야, 벌써부터 침이 고이네."

"혜나야, 그림 좀 그려 봐라."

남학생이고 여학생이고 가리지 않고 몽땅 떠들었다. 도대체 점심이 얼마나 맛있었기에 저렇게 시끄러울까 잠시 궁금증이 일었지만 지그시 눌렀다.

'이때 밀리면 지고 말아. 김지민!'

저녁밥이 어떻게 나올지 알고 싶은 마음이 불쑥불쑥 올라와서 몹시 힘들었다. 칠판 한 귀퉁이에 다시 등장한 혜나 그림 때문이었다. 흰색으로 그렸지만 노란 느낌이 나는 하이라이스에 핫윙이 왼쪽에서 빛나고, 비엔나소세지는 오른쪽에서 먹으라고 손짓하며, 만둣국이 하이라이스 위에서 빙글빙글 도는 그림이었다. 먹고 싶은 생각이 굴뚝처럼 일어나게 하는 그림이었다. 보충수업이 끝나자마자 남학생, 여학생 가리지 않고 뛰어나갔다. 모두 저녁을 먹으러 잽싸게 사라졌다. 이제 가도 30분은 기다려야 할 텐데 단 한 명도 남김없이 나갔다. 복도는 저잣거리 못지않게 시끌벅적했다. 수많은 학생들이 저녁을 먹으러 뛰어가는 발소리에 지진이 난 듯 복도가 울렸다. 내 짝꿍 경주도 가방을 둔 채 없어졌다.

'설마, 경주도 밥 먹으러 갔나?'

생각하지 않기로 했다. 가방을 어깨에 둘러멨다. 교실문을 열었다. 아무도 없었다. 1층 끝 식당 쪽에서 시끌벅적하게 떠드는 소리가 들렸다. 식당 반대쪽 문으로 나왔다. 운동장엔 아무도 없었다. 야자를 안 하는 애들도 꽤 되는데 그 애들도 모조리 식당으로 간 듯했다. 쓸쓸히 혼자 운동장을 걸어 나갔다. 교문 앞에 섰다. 고개를 돌려 학교를 봤다. 식당 안에서 부산하게 움직이는 학생들이 보였다.

저 식당에 들어가고 싶었다. 세차게 머리를 흔들었다. 안 된다. 절대 안 된다.

'오늘뿐이겠지.'

그렇게 나를 달랬다.

다음 날, 아침부터 애들은 어제 먹은 먹을거리를 입에 올렸고, 쉬는 시간이면 김급식을 들여다보며 수다를 떨었고, 혜나는 멋지고 웃긴 그림으로 점심밥을 즐겁게 기다리게 만들었다. 12시가 되자 애들이 싹 사라졌다. 경주도 사라졌다. 경주처럼 혼자 먹는 애도 빨리 달려가 먹을 만큼 맛있는 학교 밥이라니 떠올리기 힘들었다. 도대체 얼마나 맛있기에? 공부를 하려는데 마음이 흔들렸다. 빵을 꺼냈다. 씹었다. 맛이 없었다. 먹기 싫었다. 그래도 꾸역꾸역 먹었다. 이렇게라도 먹어야 오후를 버틴다. 그새 살은 더 빠졌다. 뱃살이 사라지고 치마가 헐렁거린다.

'날씬해지면 좋지 뭐. 다들 먹고 돼지나 돼라.'

돼지란 낱말을 고르고 나니 웃음이 나면서 흔들리던 마음이 가라앉았다. 다시 공부를 했다. 밥을 먹고 들어오는 애들은 어제보다 더 시끄러웠다. 귀가 아플 만큼 떠들었다. 온통 먹는 얘기였다. 지나치게 시끄러워서 나누는 말들을 알아듣기도 힘들었다.

수업을 알리는 종이 울렸는데도 시끄러움이 가라앉지 않았다. 수업이 끝나자마자 저녁 차림표 그림이 칠판 귀퉁이에 자리잡았다. 혜나가 그린 그림이 먹고 싶은 마음을 눌러놓지 못하게 했다. 그래도 꽉꽉 눌렀다. 밀리면 진다. 여기서 물러나면 '지민 짐~!' 하고 혜나가 놀리기 딱 좋다. 보충수업이 끝나자 또다시 어제와 같은 일이 벌어졌다. 복도는 시끄러웠고 교실은 경주를 포함해 아무도 남아 있지 않았다. 나는 느릿느릿 가방을 싸서 운동장으로 나왔다. 오늘도 운동장을 거니는 사람은 나 혼자였다. 교문에 서서 어제처럼 식당을 봤다. 어제와 똑같았다. 식당 안은 부산했다.

'그래봤자 며칠 가겠어.'

힘겹게 나를 달랬다.

며칠 가지 않을 줄 알았는데 그렇지 않았다. 학교가 온통 먹는 이야기에 휩싸였다. 먹는 방송을 입에 올리는 애들도 부쩍 늘었다. 나는 빵을 먹으며 버텼다. 그렇게 기말고사를 치렀다. 기말고사 때는 식당을 안 해서 좋았다. 시험을 보고 점심을 안 먹고 집으로 돌아가 집에서 밥을 먹었다. 아무리 학교 밥이 맛있어 봤자 우리 엄마가 해 주는 집밥보다 맛있을 수는 없다. 많이는 아니지만 맛있게 집밥을 먹고 시험공부를 힘껏 했다.

기말고사가 끝난 날 바로 집으로 돌아왔다. 너무 힘들어서 점심도 안 먹고 곧바로 잠이 들었다. 눈을 떴을 때는 그다음 날 아침이었다. 무려 19시간 넘게 잠을 잤다. 지나치게 늦게 일어나는 바람에 밥 먹을 틈도, 엄마에게 투정부릴 짬도 없었다. 잘못했다간 학교에 늦을 판이었다. 엄마에게 돈을 달라고 하지도 못했다. 설령 돈을 받아도 빵집에 들를 틈이 없었다. 집에서 학교까지 부리나케 뛰어갔다. 아슬아슬 늦지 않게 교문에 들어섰다. 다리가 후들거렸다. 배가 고팠다.

애들은 처음처럼은 아니지만 여전히 학교급식 이야기를 많이 했다. 시험 때문에 못 먹었는데 다시 먹게 되었다며 기뻐하는 애들도 많았다. 쉬는 시간이 되자 혜나가 그림을 그렸고, 그림을 보자 내 배가 꿈틀거렸다. 자꾸 꼬르륵 소리가 났다. 점심이 되자 애들은 또다시 우르르 달려 나갔다.

주머니와 가방을 뒤졌다. 학교 가게라도 갈 생각이었다. 안타깝게도 한 푼도 없었다. 시험 때 빵을 사먹지 않는다며 엄마에게 돈을 받지 않는 바람에 한 푼도 남아 있지 않았다. 외톨이다 보니 돈을 빌릴 친구도 없었다. 배가 밥을 달라고 마구 뒤틀어댔다.

'야, 가만히 안 있을래?'

'네가 그럴 때가 아니야.'

아무리 달래도 밥 달라고 시끄럽게 구는 배가 달래지지 않았다. 12시 30분, 밥이 배로 들어간 지 28시간이 넘었다. 28시간 동안이나 먹지 않고 굶은 적은 내가 태어난 뒤 한 번도 없었다. 12시 40분, 이제 1학년들이 밥 먹을 시간이다. 나는 앉고 일어서기를 되풀이 하며 갈까 말까 망설였다. 12시 50분, 이제 조금만 지나면 점심은 못 먹는다. 20분밖에 안 남았다. 12시 55분, 다 먹고 되돌아오는 애들이 보였다. 잠시 뒤 문이 열렸다. 흐뭇한 얼굴을 한 애들이 몇몇 들어왔다. 나는 그 애들이 들어온 때에 맞춰 밖으로 나갔다. 나도 모르게 내 발은 식당으로 움직였다. 머리가 아니라 배가 나를 이끄는 듯했다.

단말기가 보였다. 목에 걸려 있어야 할 학생증이 없었다. 그냥

172

들어갔다. 아무도 지키는 사람이 없었기 때문이다. 식당엔 학생들이 많지 않았다. 시계를 보니 1시였다. 이제 점심은 10분밖에 안 남았다. 느릿느릿 걸어가서 수저와 젓가락을 챙긴 뒤 식판을 들었다. 밥 담는 곳으로 갔다. 잡곡밥이었다. 조금만 담았다.

"늦었네."

빵순이였다. 아무렇지 않은 말투였다. 부드럽기까지 했다.

"밥이 적지 않니?"

말하지 않았다. 식판을 들고 오른쪽으로 발걸음을 옮겼다. 첫 반찬은 오리불고기였다. 노릇노릇한 빛깔도 마음에 들었지만 적당히 누른 오리고기 냄새가 좋았다. 지나치지도 모자라지도 않는 오리고기 냄새였다. 나는 먹을거리는 빛깔보다 냄새가 먼저라고 믿는다. 그런 점에서 오리고기 냄새는 알맞았다. 다음은 콩나물무침이었다. 고춧가루 빛깔이 고왔고, 콩나물도 탱글탱글함과 부드러움이 알맞게 빚어졌다. 탱글탱글함과 부드러움이 어느 한쪽으로 치우치면 맛이 떨어지는데 그렇지 않아 보였다. 배추김치는 겉모습을 봤을 때는 맛없을 때와 다를 바 없었다. 마지막으로 우렁 된장국을 그릇으로 받았다. 또다시 된장국이라니, 약간 아쉬웠지만 그릇에 담긴 된장국이 너무나 반가웠다. 넘칠 걱정을 안 하니 발걸음이 한결 가벼웠다.

나는 식판을 들고 가장 가까운 자리에 앉았다. 빵순이는 내 뒤에 있었다. 수저를 들고 국물을 떠먹었다.

'이럴 수가!'

놀라웠다. 엄마가 가장 잘 끓였을 때 맛봤던 된장국만큼 맛있었다. 조미료 맛도 느껴지지 않았다. 천연 재료로만 낸 맛이었다. 된장 맛, 그렇다. 맛있는 까닭은 된장이 바뀌어서다. 옛날에 쓰던 된장이 아니었다. 잡곡밥을 한술 떴다. 밥알이 살아 꿈틀거렸다. 구수하면서도 촉촉했다. 반찬 없이 씹어도 달짝지근한 맛이 날 만큼 맛있었다. 그냥 밥만 먹어도 될 만큼이었다. 잡곡 한 알 한 알이 혀와 입안에 즐거움을 주었다.

이제 오리고기 한 점을 입에 넣었다. 다시 한 점 더 넣었다.

'말도 안 돼. 맛 집으로 소문난 오리고기 집에서 먹던 오리고기 맛이랑 다를 바 없잖아. 어떻게 이런 맛이 학교 식당에서……?'

오리고기가 입에서 살살 녹았다. 밥보다 부드러웠다. 밥과 오리를 삼키자마자 재빨리 콩나물을 밥에 얹었다. 밥 한술과 더불어 먹었다. 탱글탱글함과 부드러움이 참으로 잘 어울렸다. 심지어 김치 맛도 달라졌다.

모든 반찬이 맛있다 보니 무얼 먹어야 할지 젓가락질 할 때마다 골라잡기가 망설여졌다. 고르긴 힘들었지만 무엇을 입에 넣든 기쁨이 가득했다. 한입 한입 씹을 때마다 퍼지는 맛들이 신경망을 타고 온몸 구석구석에 기쁨을 실어 날랐다. 학교 식당 밥에 고팠던 내 몸 세포들이 일제히 깨어나며 맛을 우러르는 노래를 불렀다.

어느새 식판이 깨끗하게 비워졌다. 온몸에 에너지가 가득했다. 온 우주가 길러낸 먹을거리들이 내 목숨이 살아 숨 쉬게 함을 느꼈다. 김치에 담긴 푸르름, 콩나물에 깃든 뜨거움, 우렁된장국에 담긴 묵직함, 오리고기 단백질이 주는 힘, 그리고 잡곡밥에 깃든 햇빛 에너지, 모두 하나로 엮여져 나에게로 왔다. 내 몸 가득 사는 기쁨이 넘쳤다.

밥을 먹고 나니 흐뭇했다. 첫술을 뜰 때부터 마지막 된장국물을 먹을 때까지 아무런 생각이 없었다. 나에겐 오직 먹는 몸짓과 맛이 주는 기쁨만 있었다. 다른 애들과 같이 먹었을 때는 도저히 맛보기 어려운 느낌이었다. 밥상과 내가 하나가 되는 짜릿함은 어떤 즐거움과도 견줄 수 없었다.

'햐! 이 맛이야! 내가 그리워하던 맛!'

그때였다. 빵순이에게 쌓여 있던 응어리가 버터가 뜨거운 프라이팬에 녹듯이 눈 깜짝할 사이에 녹아내렸다. 잘 차려진 한 끼 밥상을 먹고 나니 내 안에 가득하던 미움이 뙤약볕에 아이스크림 녹듯이 사라졌고, 빵순이는 옛날 영양사 선생님으로 되돌아왔다.

"정말 맛있어요. 이렇게 맛있는 밥상을 차려주시다니 고맙습니다."

"네가 기쁘게 먹으니 나도 기뻐. 저녁때도 올 거지?"

"그럼요. 이렇게 맛있는 밥상을 놔두고 어딜 가겠어요."

오랜만에 느낀 흐뭇함을 맛보며 느릿느릿 걸었다. 교실로 돌아오자마자 수업을 알리는 종이 울렸다. 저녁은 늦게 가지 않았다. 애들이 가는 발걸음에 맞춰 갔고, 줄을 서서 식판을 받았다. 영양사 선생님이 떠주는 국을 받고 자리를 잡았다. 모두 끼리끼리 무리지어 앉아서 먹었다. 다들 떠들면서 밥을 먹는 탓에 식당 안은 시끄러운 소리로 가득했다. 저렇게 떠들면서 먹으면 이 멋진 밥상이 주는 맛을 제대로 느낄 수 없을 텐데…….

나는 혼자 앉았다. 내 옆에도, 앞에도, 맞모금 쪽에도 아무도 없었다. 나는 혼자였지만 아랑곳하지 않았다. 내게는 맛있게 먹는 몸짓과 맛이 주는 느낌이면 넉넉했다. 저녁때는 점심보다 넉넉하게 밥과 반찬을 담았기에 즐거움이 그만큼 늘었다. 맛있게 먹었고 식판은 깨끗했다. 흥겨움에 끌려 춤이라도 추고 싶었지만 애써 참았다.

"점심보다 더 맛있어요. 고맙습니다. 선생님!"

나는 영양사 선생님께 꾸벅 절을 했다.

"고맙게 먹어 주니 나도 고마워."

"뭘요. 내일 또 봬요."

기쁨이 넘쳐서 저절로 웃음이 나왔다. 즐겁게 먹는 학생들을 보며 식당 문 쪽으로 가다가 깜짝 놀랄 모습을 봤다.

'저기 앉아 있는 애가 경주 맞아?'

거듭 봐도 경주가 맞았다. 내가 놀란 까닭은 경주가 식당에서 밥을 먹기 때문이 아니었다. 경주가 밥 먹는 옆과 앞에 앉은, 그러니까 경주와 무리지어 앉은 애들 때문이었다. 놀랍게도 경주 옆에 아름, 윤지, 다미, 혜나가 있었다. 경주 때문에 나를 버린 친구들이 경주와 함께 있다니 믿을 수가 없었다. 부들부들 떨렸다. 온몸에 가득했던 기쁨은 빠르게 사라지고 미움이 가득 찼다. 당장 쫓아가서 욕이라도 퍼붓고 싶었다.

경주도 미웠지만 경주를 받아들인 애들은 더 미웠다. 경주와 같이 먹으려는 나를 밀어내 놓고 떡 하니 경주를 받아들이다니 뭔 짓인지 모르겠다. 모진 마음이 들었다. 그동안 내가 겪었던 괴로움을 모조리 되갚아 주고 싶었다. 지렁이를 밟듯 짓밟아 버리고 싶었다. 걷잡을 수 없이 치솟는 미움에 무슨 짓이라도 저지를 듯했다.

그때 누군가 내 어깨를 잡았다.

"참아! 누구나 다 말 못 할 까닭이 있어. 네가 그랬듯이."

영양사 선생님이셨다.

"잠깐 얘기 좀 할래?"

영양사 선생님은 나를 이끌었다. 이번엔 손목을 잡고 세게 끌지 않아도 스스로 따라갔다. 영양사 선생님이 일하시는 방은 무척 깔

끔했다.

"뭣 좀 마실래?"

"네."

"혹시 매실 효소 좋아하니?"

"좋아해요. 엄마가 어릴 때부터 억지로 먹였어요. 이제는 제가 좋아해서 즐겨 먹어요."

선생님은 매실 효소에 찬물을 탄 뒤 얼음 두 개를 넣어 주셨다. 차가운 매실 효소를 마시며 끓어오르는 부아를 억지로 눌렀다.

"누구나 남이 모르는 일이 있단다. 모를 때는 죽도록 밉지만 알고 나면 그럴 만하다고 여기게 돼."

나를 달래려는 말씀이었지만 한 번 끓어오른 부아가 쉽게 가라앉지는 않았다.

"나도 너처럼 학생 때 오직 밥 먹으러 학교에 갔어. 학교 밥이 정말 좋아서 애들에게 밥을 해 주는 사람이 되겠다고 마음먹고 영양사가 됐지. 영양사가 돼서 내가 한 밥을 애들이 먹는 모습을 볼 때 이루 말할 수 없는 뿌듯함을 느꼈는데, 한 해 두 해 시간이 갈수록 처음 세운 뜻이 희미해지더니 어느 때부터 그냥 일이 돼 버렸어. 별 잡스런 애들 다 겪고, 북새통 같은 식당에서 늘 시달리고, 부모님들과 윗사람들 눈치 보는 일이 겹치면서 나도 뻔한 사람으로 바뀌어 갔지."

영양사 선생님 눈이 또다시 촉촉이 젖어 들었다.

"그러다 널 봤어. 어찌나 반가웠는지 몰라. 널 볼 때마다 그 옛날 나를 보는 듯해서 무지 반가웠어. 내가 학교 식당에서 맛보는 단 하나의 기쁨이 너였다면 믿겠니? 널 보며 그나마 무너져 가는 내 마음을 다독였는데……."

영양사 선생님은 숨을 깊이 들이마셨다.

"내가 지고 가기엔 버거운 일이 일어났어. 그게 네가 닭날개튀김을 버린 날이야. 그날부터 나는 내가 아니었어. 숨 쉬며 살기도 버거웠어. 될 대로 되라는 마음이었지."

"그 버거운 일이 뭔지… 여쭤봐도 되나요?"

선생님은 나를 빤히 바라보셨다.

"싫으시면 말씀 안 해 주셔도 돼요."

"괜찮아. 얘기해 줄게."

"다른 사람에게는 말 안 할게요."

"너를 믿어."

선생님은 남에게 털어놓기 힘든 이야기를 내게 털어놓으셨다. 아무리 선생님이지만 그런 끔찍한 일을 겪으며 어떻게 지냈을까 싶었다. 이곳에 선생님이 내게 하신 얘기를 쓸 수는 없다. 아무에게도 말하지 않기로 다짐했기 때문이다.

"어떻게 그런 일을 버텨 내셨어요. 저라면 도저히 버티지 못했어요. 제 깜냥으론, 어휴 생각만 해도 끔찍하네요."

"어른이 되면 지고 싶지 않은 짐도 져야 하고, 질 수 없는 짐도 져야 해. 그래야 어른이지. 나라고 오롯이 모든 짐을 지고 싶었겠니?"

'오롯이'란 낱말이 반가웠다. 나도 모르게 '얼음꽃' 노래가 머릿속으로 흘렀다.

"그래도 도망치지 않으려고 나를 다독이고 또 다독였단다. 수없이 다독였음에도 내가 뭘 하는지도 모른 채 학교 식당 일을 했어. 그러니 그렇게 엉망진창 쓰레기 같은 먹을거리들만 나왔지."

선생님께서 쓰레기라고 하시니 내가 했던 말이 떠올라 부끄러웠다.

"제가 쓰레기여서 버린다고 했던 말, 정말 버릇없었어요. 죄송해요."

"아냐. 맞는 말인데 뭘. 그때 그나마 널 보며 힘을 냈는데 너마저 그러니 처음에는 그냥 불같이 부아가 치밀더라. 아끼던 너였기에 더 심했지. 그러다 네가 홀로 교실에서 빵을 먹는 모습을 보고 울컥했단다. 애들에게 맛있는 밥 먹이겠다고 영양사가 되놓고는, 내가 가장 좋아하는 애가 학교 식당 놔두고 교실에서 외롭게 빵을 먹게 하다니 이게 뭐하는 짓인가 싶었지."

영양사 선생님 두 볼 위로 가느다란 물길이 생겼다. 선생님은 얼른 눈물을 닦았다.

"그래서 그다음 날부터……."

"그래 맞아. 그날 널 만나고 난 다음에 처음 영양사가 되려고 했던 때의 마음을 되살렸어. 바로 네 덕분에 내가 다시 진짜 나로 돌아왔단다."

내 가슴에 뿌듯함이 차올랐다.

'그래, 내가 했던 일이 다 쓸데없는 짓은 아니었어. 내가 제대로 된 밥이 돌아오도록 한 거야. 김지민, 잘했어. 정말 잘했어.'

나도 모르게 눈에서 눈물이 흐르려고 했다. 나는 선생님 앞에서 눈물을 흘리고 싶지 않아 얼른 눈을 닦았다.

"그리고 너에게 하나 더 말해 주고 싶은데… 경주 얘기야."

선생님 말씀을 듣다가 경주를 잊을 뻔했다. 경주를 떠올리면 짜증이 날 줄 알았는데 웬일인지 거의 짜증이 나지 않았다.

"경주는 너희 담임선생님 때문에 네가 빠진 자리로 들어갔어."

담임선생님이라니 뜻밖이었다.

"담임선생님이 점심때 학교 가게에서 빵을 사먹는 경주를 어쩌다 보셨대. 무심코 지나쳐도 될 일인데 그날따라 경주 얼굴이 안 좋기에 까닭을 물었더니, 경주가 다 털어났나 봐. 외톨이여서 밥 먹기 싫다고. 어떻게 할까 한참 고민하신 담임선생님이 아름이를 불렀대. '다른 애들은 경주를 품을 수 없겠지만 너는 그럴 만한 힘

과 넉넉함이 있지 않느냐' 하시고는 '경주와 같이 다니면 안 되겠
냐'고 말씀하셨대. 덧붙여서 '너흰 네 명만 밥을 먹으니 한 명 더
들어간다 해도 괜찮지 않느냐'고 하셨대."

네 명이라는 말을 들으니 담임선생님이 언제 아름이를 붙잡고
말했는지 알 만했다. 뒷말은 듣지 않아도 되었다. 듣고 싶지도 않
았다. 아름이는 아주 밝은 얼굴빛을 하며 선생님 말씀을 받아들였
겠지. 다른 애들은 아름이가 밀어붙이니 받아들일 수밖에 없었고.
아름이가 아니더라도 선생님 말씀도 있으니 어쩔 수 없었겠지.

아름이가 애써 숨기는 마음을 떠올리니 피식 웃음이 나왔다. 경
주와 같이 안 먹으려고 나를 밀어냈는데 선생님 말씀을 듣자마자
바로 경주를 받아들였을 때 마음이 어땠을까? 앞뒤가 안 맞는 생
각을 두고 조금이라도 괴로워했을까? 그럴 리가 없겠지. 아름이
는 그런 일로 괴로워하거나 머뭇거릴 애가 아니니까. 선생님이 좋
게 보고 힘든 일을 맡겼으니 이보다 더 좋을 순 없다고 여겼겠지.
경주와 잘 어울리면 선생님은 아름이가 어려움에 처한 왕따를 따
뜻하게 품었다고 학생생활기록부에 올려 주시겠지. 훗! 학생생활
기록부~! 그렇구나! 속이 훤히 보인다. 그럼 그렇지. 아름이 너
는 너밖에 모르니까. 아름이는 다른 사람이 겪는 괴로움에 가슴
아파하며, 그 사람이 진 짐을 나눠서 져 주는 일 따위는 하지 않을
애니까.

"알 만하네요. 알고 나니 응어리가 풀리네요."

"진짜 풀렸어? 너를 밀어내고 경주가 들어간 꼴인데?"

선생님은 어디까지 아실까? 내 속까지 훤히 들여다보셨을가?

"그럼 뭐 어때요. 하나 빼곤 다 처음보다 좋게 됐으니, 괜찮아요."

선생님은 내 말을 듣고 어리둥절하셨다.

"하나 빼고 다? 그게 무슨 말이야?"

"엉망이던 학교급식이 옛날보다 훨씬 맛있어졌고, 함께 밥 먹을 친구가 없어 외롭던 경주는 함께 할 친구가 생겼고, 아름이는 담임선생님께 잘했다는 말을 들었을 테고, 담임선생님은 힘들게 지내는 외톨이 학생을 도왔고, 영양사 선생님도 힘겨움을 털고 다시 제자리를 잡으셨고, 저는 먹는 즐거움을 잃었다가 다시 찾았고. 다 좋잖아요."

더 없나 찾아보느라 잠깐 숨을 골랐다.

"다 좋아졌잖아요. 처음보다 더!"

"그렇구나. 그런데 '하나 빼고'에서 '하나'는 뭐야?"

"아시잖아요? 외톨이가 된 김지민."

선생님이 긴 한숨을 쉬셨다.

"지민아, 그래도 괜찮니?"

걱정이 묻어났다. 딱 엄마 말투였다.

"그럼요. 오히려 좋아요. 혼자 먹으니 마음을 다른 곳에 쓰지 않아도 되거든요. 제 온 마음과 몸을 밥상에 쏟으니 먹는 기쁨이 훨씬 커졌어요. 저는 먹는 기쁨만 넉넉하면 살맛이 나요."

"다행이구나. 그래도 힘들면 얘기해. 선생님이 도와줄게."

'네'라고 말씀드렸지만 도움을 받을 생각은 하나도 없다. 내가 져야 할 짐은 내가 지고 살기로 다짐했기 때문이다. 무엇보다 다시 옛날처럼 무리에 끼어서, 다른 애들 눈치 보며 먹고, 움직이고 싶지 않았다. 아니어도 괜찮은 척하기 싫었다. 나는 오롯이 홀로 인 내가 좋다.

"지민아, 고마워. 너 때문에 내가 다시 내 첫 마음을 되찾았어."

선생님이 내 두 손을 꼭 쥐셨다. 따뜻했다.

"아니에요. 제가 버릇없이 굴었어요. 죄송해요."

선생님은 내 손을 꼭 한 번 쥐더니 놓아주셨다.

"어머 시간이 벌써 다 됐네. 빨리 들어가라. 늦겠다."

절을 꾸벅하고 나가려던 나는 영양사 선생님이 들으면 가장 기뻐할 말을 했다.

"김급식에서 우리 학교 식당이 으뜸이라고 소문났어요. 다들 부러워해요."

영양사 선생님이 살포시 웃으셨다. 영양사 선생님 사무실을 나와 아무도 없는 식당을 걸어가는데 참았던 눈물이 나도 모르게 흘렀다.

'잘했어 김지민, 정말 잘했어. 내가 해냈어.'

아무 눈길도 없는 곳, 박수갈채도 없는 빈 식당에서 나는 기쁨 가득한 눈물을 흘렸다. 그때 내 어깨를 짓눌렀던 무거운 짐이 훨훨 날아 사라졌다.

14 오동통한 내 살

　이제 나는 늘 혼자 밥을 먹는다. 수백 명이 밥을 먹는 식당에서 혼자 먹는 학생은 나밖에 없다. 외톨이인 학생이 나뿐 아니겠지만 다른 외톨이들은 혼자 먹기 싫어서 웬만하면 식당에 오지 않기 때문에 홀로 먹는 학생은 나밖에 없다. 늘 혼자 밥을 먹던 은아는 어떻게 사귀었는지 모르지만 다른 반에서 단짝을 만들었다. 은아가 외톨이에서 벗어나는 바람에 전교생에게 외톨이임을 드러내며 밥을 먹는 사람은 나만 남았다. 그렇지만 나는 굴하지 않는다. 외톨이를 불쌍하게 보는 눈길에 마음이 조금 쓰이긴 하지만, 밥 먹는 기쁨이 훨씬 크기 때문에 꿋꿋하게 혼자 먹는다.

　방학을 며칠 앞두고 기말고사 성적이 나왔다. 많이 마음을 쓰고 시간을 들였더니 성적은 꽤 잘 나왔다. 물론 남에게 드러내놓고 내세울 만큼 높은 등수는 아니었다. 그래도 힘껏 공부했기에 내 나름으로는 흐뭇하고 뿌듯했다. 이래저래 이번 일을 겪으며 많이 얻었다. 물론 잃고 싶지 않은 하나를 잃었지만 말이다. 잃어버린 하나를 조금이나마 되돌리려면 두 가지 일을 해야 한다. 그 두 가지는 결코 쉽지 않은 일이었다. 방학을 사흘 앞두고 나는 오랫동안 망설였던 일을 드디어 했다.

윤지와 함께 그날 앉았던 바로 그 나무 의자에 앉았다. 짙은 여름이 만든 시원한 그늘이 우리를 반겼다. 나는 학교 가게에서 산 아이스크림을 건넸다. 잠깐 말없이 아이스크림을 먹었다. 매미가 시끄럽게 울었다. 바람이 종아리를 스치고 지나갔다. 여름엔 매미가 신나게 울고 시원한 바람이 불어야 여름 맛이 난다. 요즘은 아무 곳, 아무 때에 나는 먹을거리들이 밥상에 올라오지만 제철에 나는 먹을거리를 먹어야 제맛이다. 뭐든 올바른 자리, 알맞은 때가 있다. 사람이 하는 말도 마찬가지다.

"그날 고마웠어."

윤지에게 꼭 하고 싶은 말이었다.

"……."

"아픈 속 얘기도 해 주고, 날 북돋아 주는 말도 해 주고……."

"뭘……."

윤지와는 멀어지고 싶지 않았다. 늘 가까이 하고 싶은 친구다.

"네 말이 맞을지도 몰라."

"⋯⋯."

"네가 말한 대로 따랐다면 더 좋았겠지."

"너⋯⋯ 괜찮니?"

윤지가 날 살피며 물었다.

"괜찮아. 보다시피 알다시피 잘 먹잖아."

"하긴, 점심때 너 먹는 모습 보니까 옛날보다 더 잘 먹더라. 너 다웠어."

"그지? 나는 먹을 때 나답다니까."

아이스크림을 다 먹었다. 손에 쥔 작은 나무막대기로 의자를 톡 톡 쳤다.

"경주랑 같이 밥 먹고 다녀도 난 괜찮아. 경주에게도 좋은 일이 니까."

나는 즐겁게 말하려고 애썼다.

"그 일은⋯⋯."

"말 안 해도 어떻게 된 일인지 다 알아. 정말 괜찮아."

"고마워."

"뭐가?"

"괜찮다고 말해 줘서⋯⋯."

말 사이로 향긋한 바람이 불었다.

"경주 일……, 너 보기 부끄러웠어."

잔잔한 바람이 얼굴을 간지럽혔다. 앙증맞은 잎들이 산들바람이 들려주는 노래에 맞춰 춤을 추었다. 바람이 불고, 잎이 흔들리고, 해가 지고 어둠이 몰려왔다. 그렇게 우린 마음과 마음을 가로막던 벽을 허물었다.

방학을 이틀 앞두고는 더 힘든 일을 했다. 바로 옆 반이지만 거기까지 가는 데 천 리 길을 가듯 버거웠다. 얼굴 맞대기가 쑥스럽기도 하고 마음이 무거워 그냥 카톡으로 할까 했지만 힘겨움을 이겨 내기로 했다.

다미는 내 얼굴을 보자 내 생각과 다르게 아무렇지 않게 나를 따라 나왔다. 짜증을 내며 나를 튕겨낼 줄 알았는데 아니어서 가슴을 쓸어내렸다. 나는 다미와 얘기를 나눴던 바로 그 자리로 일부러 갔다. 다미는 내 앞에 서서 팔짱을 꼈다.

나는 머뭇거리지 않았다. 이런 때 머뭇거리면 이도저도 안 된다.

"내가 잘못했어."

"……?"

"그날 너에게 '아름이 눈치 보냐?'고 했던 말, 널 아프게 하는 말이었어. 잘못했어."

"……!"

"그리고 너는 나를 걱정해서 한 얘기였는데 차갑게 내쳐 버렸잖아. 내가 잘못했어."

"……."

잠시 말이 없었다. 공기마저 무거웠다. 그때 문득 재미난 생각이 떠올랐다. 나는 헤나가 할 만한 짓을 했다. 스마트폰에서 '사과' 그림을 찾아서 다미에게 보여 주며 말했다.

"받아 줄래?"

다미는 피식 웃었다. 그리고는 내 눈을 한참 봤다. 나도 다미를 마주봤다. 마주보기 힘들었지만 눈을 돌리지 않았다. 눈동자끼리 소리 없이 말을 주고받았다.

다미가 팔짱을 풀었다. 그러더니 스마트폰을 꺼냈다. 무언가를 찾더니 나에게 보여 주었다.

"너도 받아 줄래?"

'사과' 그림이었다.

두꺼운 얼음이 녹아내리며 맑은 시냇물이 흐르는 소리가 들렸다. 먹음직한 '사과' 두 개에서 피어나는 향긋함이 우리 둘레를 가득 채웠다.

방학하는 날, 생각지도 않은 일이 생겼다. 방학 때 반 모두 두 번은 모여야 했다. 엊그저께 반 모두 괜찮은 때를 찾아서 날짜와 시간을 잡았다. 그런데 방학을 하는 날 아름이가 날짜와 시간을 옮기자고 했다. 학원 시간이 바뀌어서 그날 그때에 오기 힘들다고 했다. 오려면 따로 보충수업을 받으러 학원에 가야 하는데, 그러기 싫으니 모이는 날짜와 시간을 바꾸자고 했다.

햇살임금인 아름이다웠다. 다른 애들이라면 남이 듣기 좋고, 그럴싸한 핑계를 찾겠지만 아름이는 거짓 하나 보태지 않고 있는 그대로 말했다. 아름이를 좋아하지 않게 되었지만 저런 됨됨이는 정말 마음에 들었다. 아무튼 아름이가 워낙 세게 말했기에 다들 따르려 했다. 나도 처음엔 귀찮아서 넘어가려 했다. 어차피 처음 모이기로 한 때나, 아름이가 모이자고 한 때나 나는 괜찮기 때문이다. 그렇다고 다른 애들도 다 괜찮다고 말하지는 않았다. 몇몇 애들이 찌뿌둥한 얼굴빛을 하며 웅성거렸다. 그때였다.

"아름이가 '힘들다'잖아. 바꿔 주자."

맑고 밝은 목소리, 경주였다.

'뭐야 쟤?'

그때 다미가 경주를 두고 했던 말이 떠올랐다. 아름이 옆에 딱 붙은 꼴이 못마땅했다. 힘 센 사람 옆에 붙어서 촐랑거리며 꼬리를 흔드는 짓을 그대로 두고 보기 싫었다.

'헐, 내가 저런 애를 위해…….'

어쩌다 보니 다들 아름이 말을 받아들이는 낌새였다.

'저런 꼴불견을 두고 볼 순 없지.'

찌뿌둥한 얼굴빛인 애들조차 아름이 말을 따르려고 할 때쯤 내가 일어섰다.

"네 멋대로 바꾸면 안 되지. 다른 애들도 다 일이 있는데."

모든 눈이 나에게 쏠렸다.

"더구나 학원 보충수업 가기 싫다고 다른 애들이 모두 너에게 맞춰야 한다니 그게 말이 돼?"

아름이 두 눈이 동그랗게 커졌다. 눈이 지나치게 커져서 저러다 터지면 어쩌나 하는 쓸데없는 걱정마저 들었다.

"터놓고 말해 봐. 너희들 아름이가 말한 때로 바꾸면 다들 괜찮아?"

나는 쭉 한 번 살펴 본 뒤에 말을 이었다.

"난 안 괜찮아. 난 처음 잡은 대로 모여야 한다고 봐."

내 말이 끝나자 많은 애들이 내 뜻을 따르는 말을 쏟아냈다. 아름이가 애들에게 이런저런 말을 했지만 이미 흐름은 바뀐 뒤였다. 처음 잡은 날짜와 시간에 모이기로 했다. 교실에 있는 내내 아름이가 나를 노려보았지만 아랑곳하지 않았다. 한 번쯤 웃음을 날려 줄까 싶었지만, 그랬다가 진짜 싸움이 날까 싶어서 꾹 참았다.

지겨운 선생님 말씀을 뒤로 하고 즐거운 마음으로 운동장을 혼자 걸어가는데 누가 나를 툭 쳤다. 혜나였다.

"오늘 멋지던데."

"뭘!"

"나 아름이가 바꾸자고 한 날 미술 실기 대회 나가야 하는데, 바꾸자고 해서 얼마나 놀랐다고."

혜나는 미술도구함을 살짝 들어보였다.

"고마워."

"그래."

"언제 내가 빵 한번 쏠게."

"좋지!"

혜나는 말을 마치고 미술도구함을 흔들며 빠르게 걸어갔다.

그런 혜나를 보며 느릿느릿 걷는데 혜나가 몸을 휙 돌렸다.

"빵~!"

혜나는 손가락으로 총을 쏘는 시늉을 했다.

"빵 쏘았다!"

"으윽!"

나는 쓰러지는 시늉을 했다.

"먹는 빵은 나중에 쏠게."

혜나는 활짝 웃더니 잽싸게 뛰어갔다.

집으로 걸어가는 내내 웃음이 멈추지 않았다. 발걸음이 가벼웠다. 무거운 짐을 덜어낸 뒤에 찾아오는 홀가분함이었다.

'그래, 하나 빼고 다 괜찮아! 딱 하나만 빼고.'

* * *

방학 내내 학교 식당 밥을 먹고 싶어 미치는 줄 알았다. 2학기 첫날, 미친 듯이 달려가 밥을 먹었다. '맛있다'는 말이 쉼 없이 나오려 했다. 내 혀는 흥겨워 춤을 추었고, 내 위는 기쁨에 펄쩍펄쩍 뛰었다.

오늘도 나는 혼자 밥을 맛있게 먹는다. 내일도, 모레도 물론 맛있게 먹을 생각이다. 먹는 기쁨이 넘치는 한 외톨이가 꼭 슬픔은 아니다. 아름이는 여전히 제 멋에 산다. 거리낌 없이 말하는 버릇도 여전하다. 다미와 윤지는 아름이와 함께 어울린다. 물론 밥도 같이 먹는다. 혜나와 경주도 같이 어울린다. 윤지와 서먹함을 없앴고, 다미가 나에게 품은 노여움이 사라졌지만 나는 윤지나 다미와 대놓고 가깝게 지내지는 않는다. 그저 다른 애들보다 조금 더 가까운 사이로만 지낸다. 경주는 다른 애와 짝꿍이 되었고, 아름이 옆에 착 달라붙어서 신나게 학교 생활을 즐긴다. 은아는 다른 반 단짝과 어울려 다니는데, 쉬는 시간만 되면 단짝과 놀려고 다른 반으로 간다.

아름, 혜나, 윤지, 다미, 경주가 함께 어울려 다니고 그들끼리 밥을 먹어도 이제 아무렇지 않다. 다른 애들이 함께 어울리며 밥을 먹든 외롭게 밥을 먹든 눈길도 주지 않는다. 나는 이제 내 먹는 즐거움만 좇는다. 배부르기만 바라는 돼지가 된 듯한 느낌도 들지만 그래도 나는 좋다.

점심을 먹고 칫솔질을 하러 홀로 걸어가는데 엄마에게서 카톡이 왔다.

'딸, 오늘 저녁 아빠가 밖에서 먹자고 하네.'

'아빠가 그럴 시간 있대?'

'응. 아빠가 소고기 사 준대.'

'정말? 아빠 멋쟁이!'

2학기부터 야자는 하지 않기로 했다. 집에서 엄마와 함께 먹는 즐거운 밥상을 누리고 싶기 때문이다. 엄마는 나를 위해 밥상을 차리고 나는 엄마와 수다를 떨며 즐겁게 저녁을 먹는다. 동생인 준호도 저녁을 먹기 위해 학원 시간을 바꿨다. 셋이 함께 먹는 저녁밥은 기쁨이 넘쳐난다. 학교 밥상도 맛있지만 집에서 먹는 밥이 주는 기쁨은 학교 밥상이 주는 기쁨과 견줄 수 없을 만큼 크다. 오늘은 아빠도 빨리 들어와서 오랜만에 밖에서 먹는다. 떠올리기만 해도 저절로 웃음이 난다.

나는 내내 외톨이로 지내지만 외로움 따위는 느끼지 않는다. 틈만 나면 입에서 저절로 노래가 흘러나온다.

♪ ♫ 눈길이 없는 곳 박수갈채 없는 곳

그곳에 홀로 서 있을 때

나만 오롯이 나를 바라보는 곳

거기서 웃을 수 있을 때

난 그런 나를 믿어요

날 사랑해 줄 수 있는 내 모습을 ♪ ♫

나는 홀로인 내가 마음에 든다. 홀로 서서 오롯이 나를 바라보며 나에게 사랑과 믿음을 보내는 내가 좋다. 밥 먹는 즐거움을 마음껏 누리는 내 삶이 기쁘다. 모두 다 좋다. 딱 하나 아쉽다. 바로 살이다. 빠졌던 살이 방학을 지나고 나자 어느새 되돌아왔다. 내 몸 곳곳에서 오동통하게 불어나는 살을 어떻게 하면 좋을까?

나답게 밥 먹는 이야기

먹기 위해 살까요, 살기 위해 먹을까요? 지민이는 멈칫거리지 않고 먹기 위해 산다고 말하겠죠. 먹는 즐거움 없는 삶은 지옥이라고 믿으며, 먹는 즐거움을 만끽합니다. 어떤 어른은 '학교에 공부하러 가지 밥 먹으러 가냐?'고 따지지만 지민이는 '밥 먹는 기쁨마저 없는 학교엔 무슨 즐거움으로 가나요?' 하고 되묻겠죠.

학교에서 밥 먹기, 작다면 참 작은 이야기입니다. 그러나 먹는 이야기보다 큰 이야기가 있을까요? 먹어야 삽니다. 먹기는 살아가는 밑바탕입니다.

우리나라 수많은 '지민'들에게 이 책이 작은 기쁨이 되기를 바랍니다.

지민인 나답게 살기 위해 애씁니다. 잘 먹을 때 지민인 지민답습니다. 더불어 잘 먹는 삶을 꿈꾸기에 외로운 친구에 마음이 쓰이고, 여리고 여린 마음을 다잡아 거센 흐름에 맞서보지만 꺾이고 맙니다. 겪지 않아도 되는 괴로움을 겪지만 도망가지 않고 그 짐을 홀로 이고 갑니다. 서먹해진 친구들과 다시 가까워지고 마음을 풀지만, 지민은 옛날처럼 무리지어 지내는 삶으로 돌아가지 않습니다. 나를 지키며 사는 삶이 나답다는 믿음을 얻었기 때문입니다.

책을 읽으면서 느꼈는지 모르겠지만 몇몇 낱말을 빼고는 웬만하면 순우리말을 썼습니다. 제 글을 처음 본 청소년 몇몇이 저에게 왜 그렇게 우리말만 쓰냐고 물었습니다. 저는 "지민인 지민답게 살고, 너는 너답게 살아야 하며, 우리말은 우리말답게 써야 한다." 하고 말해 주었습니다.

여러분 둘레를 보세요. 새로운 낱말은 거의 다 영어입니다. 이미 있는 예쁜 우리말도 영어에게 밀려 사라집니다. 그런데 왜 영어를 쓸까요? 굳이 쓰지 않아도 되는 영어까지 마구잡이로 쓰는 까닭은 뭘까요? 영어가 멋져 보이기 때문입니다. 우리말이 아니라 영어가 더 나은 말이라고 여기기 때문입니다. 내가 아니라 남이 더 멋져 보이기 때문입니다. 따라쟁이가 된 셈이죠. 따라쟁이가 되어 살다 보면 내가 사라지고, 나다움이 사라집니다. 나다움이 사라진 곳에 나다운 삶, 나를 기쁘게 하는 삶은 사라집니다. 남

좋은 삶만 남습니다.

남이 시키는 대로 사는 삶이 좋나요? 남이 좋다고 하는 대로만 사는 삶이 좋나요? 영어를 쓰는 삶이 딱 그렇습니다. 일본사람 말투, 중국사람 말투도 다 마찬가집니다. 우리말을 쓰는 사람이라면 우리말을 우리말답게 써야 합니다. 영어는 영어로 말할 때 제대로 쓰면 되고, 일본말은 일본사람과 생각을 나눌 때 제대로 쓰면 되고, 중국말은 중국사람과 말할 때 제대로 쓰면 됩니다. 우리끼리 말할 땐 우리다운 말을 써야 합니다. 나다움을 잃으면 나도, 우리도 깜깜한 앞날을 맞이하게 됩니다.

우리말다움을 잘 살리는 소설을 쓰고 싶었는데, 제 재주가 모자라 우리말다움을 넉넉히 살리진 못했습니다. 그럼에도 여러분이 이 책을 읽으며 우리말다운 말글살이가 지닌 맛을 조금이나마 느낀다면 참 고맙겠습니다.

바른 말과 나다움으로 삶이 기쁨으로 가득하길 빕니다.

메마른 땅을 적시는 단비와 같은 삶을 꿈꾸며

時雨

"밥 한술 뜨고 얻는 기쁨이면 삶은 넉넉하게 아름답습니다.
밥이 삶입니다."

박기복